LARI PEDROSA

UMA NOVA MULHER

Curando a conexão mãe e filha

Copyright© 2023 by Literare Books International
Todos os direitos desta edição são reservados à Literare Books International.

Presidente do conselho:
Mauricio Sita

Presidente:
Alessandra Ksenhuck

Vice-presidentes:
Claudia Pires e Julyana Rosa

Diretora de projetos:
Gleide Santos

Capa:
Gabriel Uchima

Diagramação e projeto gráfico:
Mariana Gomes

Revisão:
Ivani Rezende

Impressão:
Printi

Dados Internacionais de Catalogação na Publicação (CIP)
(eDOC BRASIL, Belo Horizonte/MG)

P372n   Pedrosa, Lari.
   Uma nova mulher: curando a conexão mãe e filha / Lari Pedrosa. – São Paulo, SP: Literare Books International, 2023.
   224 p. : 16 x 23 cm

   Inclui bibliografia
   ISBN 978-65-5922-612-2

   1. Mãe e filha. 2. Amor materno. 3. Mães – Psicologia. I. Título.
                                                                CDD 158.24

Elaborado por Maurício Amormino Júnior – CRB6/2422

Literare Books International.
Alameda dos Guatás, 102 – Saúde – São Paulo, SP.
CEP 04053-040
Fone: +55 (0**11) 2659-0968
site: www.literarebooks.com.br
e-mail: literare@literarebooks.com.br

Ao fechar os olhos para agradecer, vejo todas as almas amigas que me acompanharam ao longo da vida, desde as luzes vibrantes do céu, as luzes da terra presentes em meu coração, em especial, meu pai e minha mãe, luzes da minha luz.

Um companheiro de viagem, portanto, quero nomear e agradecer: meu marido Rodrigo.

Sumário

Prefácio, por René Schubert 9

Prefácio, por Daniela Migliari 12

Carta à minha mãe 15

A nossa primeira casa foi uma mulher 16

Introdução 18

1. Em nossa mãe nos originamos 23

2. A relação com a mãe é o primeiro lugar em que a vida dá certo 31

3. O que é tomar a mãe? 37

4. A mãe real é a que menos fere 48

5. A mãe boazinha é a mais difícil 58

6. Mães difíceis criam filhas fortes 75

7. Por trás de uma mãe difícil, existe uma história difícil 84

8. Por trás de uma filha difícil, existe uma mãe que precisa dela 92

9. A filha reflete como um espelho aquilo que não foi resolvido na mãe 101

10. Muito amor é medo de ser deixada 109

11. A filha precisa diferenciar-se da mãe:
a relação pai e filha 119

12. A bênção da mãe é a vida da filha 144

13. Mãe, o que você me deu importa! 156

14. Deixar a mãe no próprio destino é abrir
espaço para se realizar como mulher 177

15. A mãe é o começo de toda filha, mas é
importante que a filha saiba continuar 194

Carta às minhas filhas 217

Referências bibliográficas 219

Todas as músicas são composições de Gabriela Buonocore, dedicadas ao Projeto: Um caminho que leva à cura da mulher: mães e filhas. Gabriela é escritora, compositora, educadora, terapeuta sistêmica e idealizadora do Projeto Movimentamor, o qual está disponível na página: @omovimentamor

Prefácio, por René Schubert

Recentemente, na prática da escrita, concluí um texto em um livro com a reflexão: "somos feitos de muito(a)s", pois vejo repetidamente em minha experiência clínica como carregamos coisas por nossos pais, avós, irmãos e irmãs, parentes, ancestrais, maridos, esposas, amantes, professores, amigos, colegas, vivos, mortos, nossa infância, nossa juventude, diversas imagos, fragmentos afetivos, personagens históricos, diversas memórias afetivas, vários pedaços coloridos que fazem quem eu sou... meu EU.

Nesse aspecto, gostaria de evocar escritores magníficos que também o perceberam, sentiram, elucubraram e disseram: "Eu sou apenas uma, mas há uma multidão que me habita", Marguerite Yourcenar; e "Só posso escrever o que sou. E se os personagens se comportam de modos diferentes, é porque não sou um só", Graciliano Ramos.

Assim inicio o prefácio desta sensível obra que tens à mão. Você e todos os seus que te compõem discutem, argumentam, doem, reclamam, machucam, questionam, incentivam, sorriem, choram... vivem, através de você!

Lendo este livro, você compreenderá por qual razão trago esta múltipla concatenação de Eus.

Os escritos de Larisse Pedrosa nos tocam e provocam, falam de dinâmicas que movem a todo(a)s nós. Durante a leitura, pensei em diversas clientes que atendo e atendi e como este livro seria fundamental para elas, como reflexão, olhar, complemento, alerta, cumplicidade, ternura e abraço. Pensei na relação de minha avó com minha mãe. Na relação de minha mãe com minha irmã. Na nossa relação. Foi um exercício desafiador. Um sentir-se. Fazê-lo sem julgar. Fazê-lo aprendendo e dando lugar para novas percepções e informações. Sou grato a Larisse por sua dedicação e entrega nesta escrita... Será um recurso para muitas!

A escrita, voz, discurso, forma de expressar de Larisse impacta, pois fala de corpo. Fala de sentimento. Fala de experiência. Fala de movimento. Fala do início. Fala: Mama!

Para mim é. E todos nós viemos de uma mãe. Todos nós viemos desta fonte de vida. E, se aqui escrevo, e você lê, é porque recebeu este presente também de sua mãe. A vida.

Sim, eu sei, não é fácil. Há dificuldades pelo caminho. Assentir não é algo natural. Pensamos demais. Julgamos demais. Queremos compensação. Retribuição. Queremos, por vezes, justiça! Ou, será, vingança?

Não é justo! Ou será que é algo de destino?

Fico perto demais, me dói. Me afasto, sinto culpa, parece que abandono. Abandono-a ou abandono-me? Tem manual para fazer isso de jeito correto?

A vida e seus *puzzles*!

Já nos dizia Carl Gustav Jung: "A maior carga que uma criança precisa carregar é a vida não vivida de seus pais". E, em outro momento: "No fundo, a terapia só começa realmente quando o paciente vê que quem lhe barra o caminho não é mais pai e mãe, mas sim ele próprio, isto é, uma parte inconsciente de sua personalidade que continua desempenhando o papel de pai e mãe".

Ai! É minha culpa? Tudo eu... sempre sobra para mim!

E se não for? E se for um constante descortinar de diversas portas e palcos que me habitam? Para alguns, tenho uma ideia, uma cor, um suspiro, uma lágrima... Para outros... Nada!

Não paramos de crescer! E, crescer, bem, crescer dói! Mas também traz amplitude e possibilidades!

Só posso desejar uma boa jornada pelas letras cuidadosamente sentidas e escritas pela autora. Posso dizer que é difícil ficar indiferente a estes escritos!

E, aproveitando o palco aberto por Larisse, deixo as palavras seguirem seu ritmo: por quantas alegrias e dores passamos. Aventuras e dificuldades. Risadas e conflitos. Um apartar-se-me e abraçar-te-me. Por quantos desafios passei para atravessar-te... Para poder reconhecer-te... Para reverenciar-te... Para amar-te e, com isso, amar a vida que pulsa em mim! Que segue em mim, graças a você! Danke, Mama!

René Schubert
São Paulo, 2023.

Prefácio, por Daniela Migliari

Dizem que um coração ferido é um coração que se abriu e experimentou as aventuras do viver. Tanto quanto os prazeres e as alegrias, as dores e os sofrimentos fazem parte da vida e de quem somos: eles nos tocam, nos moldam e nos ensinam como lidar com a realidade em diferentes dimensões. Para além de nossa compreensão racional, eles também nos preparam e nos expandem em recursos para lidar com o porvir, que chega com os muitos desafios da fase adulta.

Nesse sentido, quem mais poderia nos preparar e nos ensinar tanto quanto a própria vida em si mesma? Sim, a mãe. No cheio e no vazio; na presença e na ausência; nas potências e nas impotências; nos excessos e nas faltas – vemos o rosto de nossa mãe expresso nas muitas faces da vida.

Neste livro, Larisse Dias Pedrosa compartilha o caminho que tem percorrido em direção à sua mãe. Seu amor por ela perfuma estas páginas do início ao fim e nos inspira a também expressá-lo de maneira tão profunda e visceral quanto a própria natureza da relação com a mãe em si mesma. Um texto assim só se apresenta quando sua mensagem tem coerência vibracional correspondente ao que a autora vive, do fundo do seu ser.

Então, aproveite! Pois, aqui, Larisse compartilha as pérolas que tem colhido neste percurso – não como uma receita pronta, posto que cada caminho é único e intransferível, mas como uma inspiração de quem já alcançou planícies mais oxigenadas, com campos um tanto mais amplos e verdejantes. E, deste lugar, ela se volta para quem queira ouvir sua voz e lança o estímulo: "Segue em frente, gente, porque o oásis está à espera, logo ali...".

Ao adentrar na travessia deste deserto interior, é preciso pisar com leveza, dignidade e respeito às nossas ancestrais – mulheres que viveram um sem-número de histórias e desafios em culturas e tempos extremamente desafiadores, limitados e doloridos. São elas as raízes, troncos e galhos calibrosos que sustentam o fruto que, em vida, somos.

Como alcançar o êxito de encontrar este oásis interior, de onde é possível lançar um olhar cheio para tudo o que passou? Este olhar só pode vir de uma mulher que se conciliou com a própria história, que acolheu sua criança ferida e que, como adulta, tomou a firme decisão de tomar posse da força que vem com suas feridas, ampliando a visão em direção à sua mãe e a todas as mulheres de sua linhagem feminina.

Sim, o amor cobre uma multidão de dores que erraram o alvo em busca de si mesmas. E, nesta leitura, você vai encontrar chaves preciosas para te auxiliar nesse processo de amadurecimento, de forma gentil, com os pés no chão e em conexão com a realidade: exatamente como ela foi e como ela se apresenta atualmente.

Tem sido assim comigo, a cada contato que tenho não só com esta obra, mas também com Larisse, que tenho a alegria de chamar de grande amiga, irmã de alma e caminho espiritual. Para mim, é uma honra e uma alegria ter vislumbrado este livro há muito tempo, ver ele ser gestado e fazer parte do seu nascimento!

    Agora, querida leitora, é com você. Respire fundo e abra seu coração para sentir a força que há no seu ser! Confie na Vida que te habita e na decisão que você tomou de continuar a trilhar o caminho – que, certamente, se expandirá nas páginas a seguir – em direção à sua mãe.

Daniela Migliari
Brasília, 2023.

Carta à minha mãe

Minha querida mãe Eleuza,

Você abriu a porta para que eu entrasse na vida e disponibilizou o seu melhor amor. Foi suficiente, basta olhar para mim. Todos os dias, recebo de você a maior herança que uma filha pode receber da mãe: *a cura como mulher*.

Quero lhe dizer que nenhuma filha espera a morte da mãe com tranquilidade e nem a vivência pós-morte com alegria. Então, estou aprendendo a deixá-la em seu destino com tranquilidade e aprendendo a seguir o meu com alegria.

Eu tenho você viva no meu coração!

Muitas mulheres chegaram depois da sua morte e eu lhe sou grata por isso, pois aprendi a concordar com um amor que vai além da nossa materialidade e ressoa em outros abraços, sorrisos, olhares, lágrimas e entre o elo mãe e filha. Com elas, aos poucos, vou aprendendo a me despedir de você.

Sinto o amor crescendo em mim livremente e a nossa história vai fazendo sentido no meu destino. Conectar com a minha essência de mulher vai tomando a forma de quem eu sou para a vida e, agora, olho com amor para tudo o que é seu dentro de mim.

Saiba que quero te dar a vida mais bonita de todas, porque, quando fecho os olhos, ainda ouço a sua voz: "Filha, eu encontrei o amor em você e minha vida vai continuar depois que eu me for, porque você é a minha história e é a história do seu pai. O meu corpo não aguenta, mas você sou eu, então, pode ir agora e me dê uma vida linda".

Profunda gratidão, mãe! Você tem meu amor e respeito.

Sua filha, Larisse.

A nossa primeira casa foi uma mulher

A primeira palavra de uma criança quando começa a falar é, via de regra: "MAMÃE". Curiosamente, é similar em quase todos os idiomas e, muitas vezes, até igual. "Mamãe" é a palavra primordial, com a qual cada fala e cada linguagem começa. É a nossa palavra mais íntima e nenhuma outra nos move tão profundamente. Quando a ouvimos e falamos, nos tornamos a pequena criança daquele tempo quando a falamos pela primeira vez.

Nossa palavra primordial. Nosso som primordial. É nessa palavra que todas as palavras posteriores e todas as relações humanas se baseiam. Quando nos sintonizamos com ela e nos permitimos ser carregados, não importa onde estivermos e aonde quer que cheguemos, nos sentimos acolhidos, aceitos e em casa. Sentimo-nos conectados com algo maior, com algo que nos abrange para além da nossa mamãe, conectados com a nossa origem, com a mãe terra da qual origina toda vida. E, também, com a origem da nossa mamãe, com a mãe primordial da nossa mamãe e toda a vida.

"Mamãe" também é o grito de uma criança em dificuldade, e a mãe transforma essa dificuldade ao tomar a criança para seu peito e oferecê-lo. O leite é o alimento original da nossa vida. Conectados a ela e alimentados por ela, crescemos e nos tornamos mais.

Quando nos tornamos maiores, às vezes, a proximidade nos esmaga e queremos nos afastar da sua proteção e cuidado.

Então, nos tornamos mais ou nos tornamos menos? Podemos nos tornar independentes dela e livres?

Em cada movimento do nosso corpo e da nossa alma, ela permanece presente, pois se quiséssemos nos tornar livres dela seria como se quiséssemos ficar livres da nossa própria vida. Assim nós retornamos, não importa para onde nos desenvolvemos, pois sempre estaremos conectados a ela com amor. Alimentamo-nos novamente dela e, assim, alimentados com seu amor e sua disponibilidade, retornamos renovados para a nossa vida, criativos e em sintonia.

Como a origem da vida – para além dela – nos alimenta, não importa como a chamamos! Nos alimenta assim como nossa "mamãe". Por meio da nossa mamãe, encontramos o caminho até ela e reencontramos o caminho até a origem.

Qual é a palavra primordial com a qual a chamamos e com a qual somos levados ao seu coração, com amor?

Aqui também é "MAMÃE[1]".

Bert Hellinger

• • • • • • • • •

1 Reflexão póstuma de Bert Hellinger, publicada em 18 out. 2020, no canal do YouTube da Hellingerschulle / Hellinger Sciencia: https://www.youtube.com/watch?v=rHUxa8vv6nk, chamada: "Mama".

Introdução

A alguns dias de 16 de janeiro de 2008, com certo incômodo, disse a minha mãe que eu não queria que o *tal dia* chegasse, e ela, surpresa, me perguntou: "Por que tanta resistência, filha?". Sem justificar, respondi: "Não sei, mas não quero me despedir das férias, aliás, é como se eu quisesse que elas continuassem para sempre!". Hoje, entendo que a minha alma sabia que aquele dia separaria nós duas no campo físico e que eu, a filha, anunciava o medo de me despedir das "férias", ou seja, dela, minha mãe, que, calmamente, se colocava à disposição do próprio destino.

Nunca esquecerei o dia que mudou toda a minha vida e que me apresentou o caminho da filha que se sentiu órfã e perdida em todas as relações e planos futuros, mas que se moveu para encontrar a cura como mulher.

Pedi ajuda terapêutica quando percebi que a religião já não me trazia mais as explicações de que eu precisava para compreender o que sentia. Era visível, eu estava deixando a vida me levar por um caminho que não fazia sentido para mim, mas era o único pelo qual eu sabia caminhar sem ter a força para buscar outra direção. As sessões terapêuticas cresceram dentro de mim e a luz da consciência iluminou meus novos passos e, como um fenômeno da natureza – o mais raro –, pude acordar de um sono profundo da alma para me despertar na mulher que sou hoje: *inteira, com tudo que me falta*.

Eu não imaginava que a raiz das minhas maiores dificuldades como mulher estava no fato de eu estar fora do lugar de filha, especialmente na relação com a minha mãe. Nasci numa família aparentemente harmoniosa, com pais bem casados e que cuidaram da formação dos filhos. Mantinham uma rotina normal de trabalho, estudo, esporte, religião e lazer, casa sempre cheia de familiares e amigos e o desejo em comum de evoluirmos bem.

Desconstruir o cenário da família da "propaganda de margarina" foi um grande desafio para o meu processo terapêutico, especialmente investigar e chegar à conclusão que eu, inconscientemente, repetia padrões emocionais adoecidos em função de preservar lealdades, segredos e crenças familiares. A cada sessão de terapia, participação nos grupos de constelação familiar (Familienstellen), leituras e estudos das centenas de livros e manuais, das formações básicas e avançadas para constelador, mergulhei nas águas profundas do autoconhecimento e, desde então, tenho ampliado a percepção do meu lugar na vida, na família e no mundo.

Não consegui parar mais e me tornar Terapeuta Sistêmica e Consteladora Familiar Original Hellinger, foi, sem dúvida, um dos maiores presentes da vida para o meu caminho de cura, já que colocar em prática tudo o que aprendi a ser enquanto filha e a me transformar como mulher vai ao encontro das orientações que recebi. Eu não desejei ser terapeuta, questionei se essa função cresceria comigo para além dos cursos e livros – de nada adianta ter o dom do conhecimento, transferi-lo, mas não internalizar os aprendizados nem os aplicar no dia a dia. Entretanto, esse espaço se abriu do meu coração de filha para o coração da minha mãe e escolho ser terapeuta enquanto for um exercício de vida para mim.

Depois de um sonho, acordei com a lembrança de um movimento sistêmico entre mãe e filha e, já impactada com a ressonância daquele campo que se apresentava para mim há meses nos módulos da formação, no meu trabalho e nos meus desafios de mulher, sabia que era a anunciação de um novo projeto que chegava para a minha carreira.

Pouco tempo depois, dei à luz ao projeto "Um caminho que leva à cura da mulher: Mães e Filhas" em forma de encontro teórico-vivencial, que está se tornando uma formação para mulheres no Brasil e no exterior. Para a minha realização, já atendi centenas de mulheres em grupos e individuais, *on-line* e presenciais, com movimentos que tocam o coração das filhas e mães na ordem de suas funções.

Desde a pandemia de coronavírus que surgiu em 2020, o tema ganhou força nas redes sociais e vem ampliando os despertares no campo feminino por meio da publicação de textos, vídeos, músicas temáticas, *lives*, *workshops*, atendimentos individuais, de casal, de família e, agora, com a publicação deste livro, escrito quase que inteiramente a partir do lugar da filha na relação com a mãe, ponto de encontro comum entre as mulheres, pois todas são filhas que buscam ter uma boa relação com a mãe e, consequentemente, consigo mesmas.

Passei, no período pandêmico, por desafios que foram muito além dos cuidados básicos de prevenção da contaminação por Covid-19, como vivenciar o quadro de quase morte do meu pai seguido do acompanhamento de cuidados diários em função das sequelas severas que o acometem até o presente. Ainda, percorri essa fase com uma das maiores dores que uma mãe pode conhecer: despedir-se das filhas que não nasceram. Vivenciei dois abortos naturais, fiz uma cirurgia de ovário e senti, no fundo do coração, que não fazia sentido eu adoecer para tentar gerar uma vida.

Todos esses acontecimentos me fizeram definir um novo caminho para este livro e o propósito se tornou ajudar mulheres que, assim como eu, podem se libertar de suas vivências dolorosas ao se abrirem para crescer com as histórias difíceis e transformarem os sofrimentos em fontes de bênção. Aos homens que desejam se reconciliar com a mãe, acredito que este livro também os conduzirá para um caminho de solução para suas dificuldades e sofrimentos.

Em vista disso, nos capítulos de 1 a 3, a partir das histórias de filhas, visitamos internamente aspectos que nos rodeiam, como a necessidade de sobrevivência que decorre de sermos "aceitas" por nossa mãe, passando pelo desafio de se manter no lugar de "filha" sem tomar para si as dores maternas.

Nos capítulos 4 a 6, olhamos, emocionalmente, para a formação da nossa individualidade, que só acontece quando atravessamos a fase crítica da "separação" da mãe, em que a rivalidade, a crise de identidade, o desejo de independência, a descoberta da sexualidade e a busca pela realização pessoal não prejudicam o nosso crescimento como mulher e, muito menos, a autonomia da mãe como orientadora. Para isso, é preciso olhar para os traumas passados.

Vemos, nos capítulos 7 a 10, relatos de filhas feridas – dentro e fora do enquadramento terapêutico – e como neutralizar a ausência do amor materno e as lealdades ancestrais. Olhamos com atenção para as cargas pesadas da mãe num esforço de concluir a caminhada de cura e resgate com ela e, mais pacificadas, podemos enxergar o que foi proveitoso para o crescimento enquanto filha e, também, enquanto mulher.

Já no capítulo 11, sentimos a força da decisão da mãe em forma de *liberação* ao amor diferente. Com esse portal sinalizado, somos liberadas para a autoconfiança, a coragem de fazer, a liberdade de ser, a sexualidade com prazer, a independência pessoal e profissional, a prosperidade, a força da mudança, a vida a dois e tudo que se expande, se eleva e se ilumina. Só assim, ao tomar o sim do pai sob o olhar de permissão da mãe, sentiremos os reflexos com os homens e com o mundo, despertando a nossa coragem para seguir em direção ao futuro.

Ao vasculhar as várias obras de Bert Hellinger, de seus discípulos e de psicólogos, além dos inúmeros movimentos sistêmicos, recorri às minhas vivências de filha. Ao escrever este livro, embarquei numa viagem longa e profunda dentro de mim e, em vários momentos, escolhi falar dos meus processos pessoais, confiando que outras mulheres se reconheçam e se beneficiem deles.

Além da complexidade que é refletir a relação mãe e filha na visão sistêmica, todos os relatos pessoais, as cartas, os poemas, as meditações e as músicas são de mulheres que representam a alma e o corpo deste livro. No íntimo, nos últimos capítulos, notamos que somos todas filhas feridas em processo de cura a caminho da evolução, afinal de contas, muitas de nós vivem dores profundas que são refletidas em dificuldades com as quais nem sempre sabemos lidar.

Tornar-se *uma nova mulher* é decidir soltar as lealdades com a mãe, com as avós e com as ancestrais, incluindo suas histórias reais no coração, sem se misturar com elas. É saber se ajustar, de forma saudável, ao destino difícil de cada uma delas e interiorizar seus aspectos positivos. É temer muito mais a disponibilidade que temos para repetir as histórias difíceis das mulheres da família do que, propriamente, desenvolver e sustentar as suas potencialidades.

Venha comigo descobrir o caminho que leva à cura da mulher.

1. Em nossa mãe nos originamos

Como é que a vida chegou até nós?

Em nossa mãe nos originamos. Por meio dela e com ela, por meio de um movimento profundo da alma, dizemos sim à vida e, também, à vida da nossa origem.

A proposta deste capítulo é começar uma reflexão de como a relação com a mãe pode nos levar para um lugar bom ou ruim dentro de nós e que não adianta buscar o amor lá fora se o amor de dentro não estiver em dia. Esse amor começa no sim à mãe.

Convido você para fazer uma visualização:

 Acesse o áudio da meditação no QR Code ao lado.

Feche os olhos, respire profundamente três vezes – iniciando com o expirar – e visualize o momento do seu nascimento. Esvazie a mente de qualquer pensamento, apenas sinta esse momento e, em seguida, peço que olhe, pela primeira vez, para a sua mãe e, depois, para o seu pai e sinta como foi reconhecer de onde veio a vida.

Veja nos olhos deles o brilho da vida que é você, independentemente de qualquer história difícil.

Sinta como foi se entregar ao colo da sua mãe pela primeira vez, se ali você deixou verdadeiramente que ela a segurasse.

Sinta como foi se entregar ao colo do seu pai pela primeira vez, se ali você deixou verdadeiramente que ele a segurasse.

Respire profundamente, confiando em seus pais.

Agora abra o coração e sinta como foi escutar, pela primeira vez, os seus pais dizerem "ela é nossa filha!".

E com essas palavras, receba o seu primeiro lugar da vida como um lugar seguro, possível e que te manteve viva e em movimento até aqui. É o começo da vida, gostando ou não da sua história.

Respire novamente e, aos poucos, abra os olhos, se espreguice e sinta os pés firmes no chão como a força possível para continuar a sua caminhada.

Agora, perceba que a chave para permanecer bem na vida é a concordância entre aquilo que existiu em sua história e aquilo que está no seu momento atual.

Abrir-se para o desenvolvimento pessoal é se entregar para a cura do próprio sistema familiar reconhecendo o que nele precisa evoluir por meio de nós. A vida chega até nós por meio da mãe, pois o ventre da mãe é a primeira moradia da filha. Ter uma relação saudável com a mãe garante que a filha tenha uma relação saudável com a vida e vice-versa. Assim como a filha que evita a mãe, evita a vida.

Bert Hellinger diz que a maneira como a filha trata a mãe, a vida a trata.[2] Essa afirmativa explica o que impede o êxito da vida de acontecer e ou permanecer.

• • • • • • • • • •

2 Em alguns seminários e obras de Bert Hellinger, encontra-se a frase: "a vida te trata como você trata a sua mãe". Inspirada nela, trouxe a reflexão para a relação mãe e filha.

A relação com a sua mãe te leva para um bom lugar na vida?

Não é simples receber da mãe, assim como não é simples receber da vida. No nascimento, recebemos a vida e, em seguida, todo o caminho de aprendizagem que a faz seguir adiante. Mas cada filha escolhe o seu caminho como mulher.

A mãe é o modelo básico de servir à vida porque, geralmente, é ela a nossa primeira referência do serviço à família. A filha em harmonia com a mãe adota um comportamento em que tem pouco a exigir e muito a oferecer; como mulher, sente-se "cheia" (inteira) e transborda. Mas, ao contrário, a filha que guarda queixas e exigências da mãe não consegue receber dela e, sem perceber, de mais ninguém. Nesse quadro, a vida está aberta com todas as possibilidades, mas a filha não reconhece o caminho. O caminho da filha até a mãe é longo e se reconciliar com a imagem dela no coração é reconhecer que ela também é filha, é imperfeita, cheia de limites, dúvidas, medos, inseguranças, assim como abrir mão de qualquer intenção com ela.

Isso é o mesmo que dizer: "Eu concordo com o seu destino, mãe". Mas concordar com o destino da mãe é muito mais que desejar o bem dela. Quem nunca teve medo de perder a mãe? Quem nunca adoeceu? Quem nunca fracassou? Quem nunca experimentou uma separação difícil? Isso significa que, no campo da escassez, falta a mãe presente no coração, e que todo sucesso representa a mãe. Colocar em prática os ensinamentos de Bert Hellinger com relação à mãe é um processo de vida, pois quando ele disse em alguns seminários que "receber da mãe é receber da vida", "mãe" e "vida" têm a mesma força.

Receber da mãe exige tomá-la no coração por completo. Mas quem nunca discordou da mãe? Quem nunca exigiu da mãe? Ou, em outras palavras: o que você ainda não consegue receber da vida?

No amor, somos todas iguais e esse é um bom caminho

Ao exercer a maternidade, a mulher pratica aquilo que ela pôde tomar da própria mãe. Diversos acontecimentos podem levar ao movimento do amor interrompido em relação à mãe e gerar uma dor profunda no coração da filha. Nesse caso, a filha que não consegue ter a mãe viva dentro dela, sente as consequências nas histórias difíceis. Trazido à luz, o amor da filha ferida procura por caminhos que trarão bons resultados, pois, na solução, "o que toca o coração permanece".

Não há dúvida que a influência materna – para o bem ou para o mal – é transformada por outras influências na vida da filha. Com a mãe, começamos o caminho da vida e, na realidade dela, desde a gestação, concordamos com a nossa primeira realidade. Isso significa que todas nós, filhas, nos entregamos para a nossa mãe e, então, nascemos. Com certeza, temos guardados os ecos dos seus momentos bons e ruins que ainda nos movem e, confiantes, a seguimos no maior som da vida: o SIM de cada batida do seu coração. É a filha que ouve primeiro o som do coração da mãe e, só então, permanece viva e segue a vida.

O próprio recém-nascido não é uma folha em branco, mas um ser com personalidade própria, habilidades, méritos e limitações que são somadas às influências que vão além da mãe, como as do pai, as dos outros membros familiares e da sociedade. Em minhas observações, vejo que uma mulher cresceu bem com a influência de uma mãe favorável, enquanto outra cresceu mal com a influência de uma mãe desfavorável.

É interessante observar os gêmeos, pois receberam cuidados e orientações dos mesmos pais em condições semelhantes, mas cresceram diferentes um do outro. Em geral, a criança leva a mãe que vive internamente nela para a sua relação com o pai e leva o pai que vive internamente nela para a sua relação com a mãe, pois guarda a ânsia inconsciente de que os dois vivam sempre juntos. Afinal, ela é a representação do amor dos dois e é o que a faz seguir à frente. Não é possível prever como uma criança se desenvolverá como adulto ao receber um ou outro tipo de criação. Afinal, só analisamos os processos depois de terem acontecido. Mas a sabedoria diz que nascemos exatamente na família que deveríamos nascer: o olhar da sua mãe foi, é e será o amor dela para a sua vida inteira, porém apenas na condição que ela conseguiu até aqui: no movimento do sim e do não para ela mesma e para você; o olhar do seu pai foi, é e será o amor dele para a sua vida inteira, porém na condição que ele conseguiu até aqui: no movimento do sim e do não para ele mesmo e para você.

Agora, veja a sua imagem como filha sob esses olhares repletos de sim e não dos seus pais para você, abra o coração para o futuro e diga em voz alta: "sim!" e agora, tranquilamente, diga: "não!" e, lentamente, sinta essas duas energias movendo todo o seu destino.

A vida é um movimento que nos coloca no propósito e o sim é uma energia que permite fluir no que existe e o não é uma energia que permite fluir no que não existe (às vezes, vivemos de ilusão ou daquilo que não foi possível). Pai e mãe também são duas energias que movem o masculino e o feminino em nós, e ambos, no sim e no não, vivem igualmente em equilíbrio nos nossos corações. A eles dizemos: "Obrigada pela vida que vem de vocês", afinal "ser discípulo da realidade exige disponibilidade para encarar a dor, algo que custa muito a todos nós", disse Garriga[3].

Alegrar-se com a vida é assumir-se com ela. Assim, toda realidade é a certa para nós e, independentemente dos desafios, alegrar-se com ela é o mesmo que encontrar a própria realização.

Nós, filhas, somos as nossas mães seguindo o caminho da vida. Mesmo que esse caminho seja um desafio para o coração, não desista de ter uma mãe, pois é possível aprender a olhar para ela com amor. A mãe é a origem de tudo que se desenvolveu em nós, por isso negá-la é o mesmo que negarmos nós mesmas e desperdiçarmos a nossa própria força.

Tempos atrás, escrevi que, "com a força da mãe, a filha recebe o suficiente da vida" e, "com a força do pai, a filha faz o suficiente com a vida", portanto é possível tomar o que chegou e faltou dos nossos pais como sendo a força original do nosso caminho de mulher. Ser uma mulher suficiente é saber, também, ser uma mulher insuficiente de onde tudo começou: da mãe, uma mulher humana, comum e imperfeita. Somente assim, mãe e filha seguem agradecidas. Então, é tudo uma questão de lugar: o lugar da mãe e o lugar da filha.

Há abraços que são lares

Existem abraços que são lares, pois nos fazem lembrar os primeiros colos que recebemos de nossas mães e pais. E em cada abraço, foi possível unir dois corações e movimentar o amor que avança na conexão que fizemos com eles.

● ● ● ● ● ● ● ● ● ●

3 Frase atribuída a Joan Garriga, extraída do livro: *Viver a alma*, p. 94.

No colo, eu pertenço, tomo e sigo adiante.

Ao receber o primeiro colo da mãe, o amor se expande e a filha consegue tomar, com segurança, a força necessária para a nutrição do seu corpo e da sua alma. Nesse abraço, a filha se conecta com o sim para SER e descansa ao se entregar com o que chegou da mãe; ao receber o primeiro colo do pai, o amor se expande e a filha consegue tomar, com confiança, a coragem necessária para o crescimento de sua vida. Nesse abraço, a filha se conecta com o sim para FAZER e toma ação ao se sentir protegida com o que chegou do pai.

Tomar pai e mãe igualmente no coração é confiar nos colos recebidos na infância e permitir que diversas sensações boas sejam curas para dissolver os males do passado. É importante se entregar aos abraços sinceros e senti-los como a força do amor que permanece e, ao mesmo tempo, se expande, se ilumina e se multiplica, pois só assim, saberemos se foi possível tomar a força da nossa origem.

Há momentos na vida em que apenas um bom abraço consegue resolver nossos problemas, nos dar paz de espírito e nos fazer encontrar o que mais precisávamos. Ele pode abrandar dores profundas e cuidar de um coração que precisa de amor.

Nos momentos mais difíceis da vida, consegui chorar nos braços de pessoas a quem confio toda a minha história e só naqueles abraços sinceros encontrei a energia necessária para sentir novamente a força do colo da minha mãe.

Tomar pai e mãe igualmente no coração é confiar nos colos recebidos na infância e permitir que diversas sensações boas sejam curas para dissolver os males do passado.

2.
A relação com a mãe é o primeiro lugar em que a vida dá certo

Filhas carregam cargas que as acompanham por vários ciclos da vida. Foi possível entrar em contato com essas cargas, por meio de trabalhos com as mulheres e concluir a dinâmica que as mantinha num quadro de dor nos setores da vida atual. Os resultados começaram a aparecer e legitimar as obras e vivências de Bert Hellinger.

A proposta deste capítulo é desenvolver reflexões por meio do compartilhamento de vivências da alma e, em cada tema a seguir, apresentar, com segurança, o melhor caminho das filhas em direção às mães e, consequentemente, à vida.

> A vida chega até nós, primeiramente, por nossa mãe. Assim, como tomamos a mãe, também tomamos a vida. As queixas que fazemos em relação à nossa mãe são as mesmas que fazemos em relação à nossa vida. Por isso, a relação com nossa mãe é o primeiro lugar em que a vida dá certo. (HELLINGER, 2019, p. 137).

A filha inicia a vida com a mãe, o seu amor igual. Em seus primeiros anos, a filha fica conectada com a esfera energética da mãe e constrói sua "psique" por meio dela, recebendo o princípio feminino e os valores de ser mulher. Isso significa que a filha sente o processo de vida da mãe desde a concepção, pois, ainda no ventre, as emoções da mãe movimentam a formação da filha. Assim, todas as sensações são impressas e o caminho da filha em direção à vida é um reflexo disso.

Por meio da mãe, a filha aprende a se relacionar como mulher com ela mesma, com outras mulheres e, também, com os homens. Ela observa como a mãe se comporta, como se relaciona com os familiares e com as pessoas de fora da família e, especialmente, como é tratada por todas elas. Ela observa como a mãe se cuida e como cuida de suas coisas. É importante considerar o fato de que toda mãe carrega o sucesso e o fracasso de sua história familiar e a forma como ela "tomou" sua origem e vive sua "realidade" faz toda diferença na vida da filha.

Pôde-se examinar que a maneira como a mãe é tratada pela filha, é como a vida a trata, pois explica as causas que impedem as mulheres de encontrar o êxito pessoal. Por exemplo, a mãe que tem respeito pelo lugar dos próprios pais e do pai da filha consegue apresentar-lhe como o pai certo, liberando-a para um novo caminho na vida. Internamente, a mãe diz: "Filha, você pode amar o seu pai como você me ama. Ame-o e receba o amor dele sem culpa, pois ele é o pai certo para você!". Essa liberação no coração da filha permite que ela se entregue ao amor diferente – o amor pelo pai. Esse amor no lugar certo – a filha como filha e o pai como pai – possibilita o seu amadurecimento como mulher.

Assim, a maior herança que uma mãe pode deixar para a filha é a cura como mulher. Afinal, quando as mães estão felizes e saudáveis, as filhas se abrem para a felicidade e a realização. Mas quando as mães estão tristes e adoecidas, as filhas se abrem para as dificuldades e fracassos. No entanto, a mulher que aprende a acolher as próprias dores, que sabe cuidar de si com carinho, especialmente, nas fases difíceis e que, acima de tudo, confia na força de sua essência, com certeza, oferece para a próxima geração uma liberdade plena e repleta de possibilidades.

Apesar de ser perceptível que nenhuma filha faz diferente da mãe com a consciência leve, facilmente - ela pode até achar que faz, mas no íntimo sente-se culpada sem perceber -, entretanto, é preciso ter em mente que, antes das filhas, foram necessárias muitas mães e esse é o caminho que cura. Que filha não gosta de se sentir livre para construir o próprio caminho? Todas nós, com certeza, afinal, por trás de cada filha que confia em si mesma, existe uma mãe que acredita nela primeiro. Proponho que imagine todas as mulheres que vieram antes de você - mãe, avós, bisavós e as ancestrais - e olhe para cada uma delas numa linha de mulheres em que você ocupa o lugar da menor. Então, pergunte: "Como fizeram quando sentiram dor, quando se sentiram sozinhas e desprotegidas?", "Como conheceram o cuidado?", "Por onde o amor se fez forte? Por exemplo, pelo alimento, pela limpeza, pelas roupas lavadas ou pelos bordados?", "Quando acolhiam as dores comuns, qual força feminina - ensinamentos, lealdades - prevalecia no grupo?" e, assim, você vai conseguir sentir a presença de todas elas na mulher que é e no caminho que quer ou precisa trilhar na sua vida.

No entanto, apesar de todas elas te acompanharem, de você carregar em si a força das mulheres que vieram antes, ninguém pode caminhar por você. No caminho da evolução, absolutamente ninguém pode caminhar por ninguém. Por isso, a vida é tão justa. A humanidade está atravessando desafios grandes, porém toda dificuldade simboliza a saudade do lar. E todo lar começa na mãe. A filha não sabe o que a mãe precisou passar para deixá-la nascer, em função das suas dificuldades pessoais e familiares. Quanto maior foi a renúncia da mãe para a vida da filha, maior também foi a sua doação e, mesmo que as duas não seguiram juntas de maneira favorável, mais tarde, após uma sincera compreensão, a filha se torna capaz de reconhecer os motivos que levaram a mãe a agir com tantas limitações.

Isso, porém, não significa que a filha deva abdicar de sua vida para viver a vida da mãe, tal cenário só traria sofrimento, a filha precisa ter a força e o amor para deixar a mãe no próprio destino e seguir com sua caminhada.

Uma querida cliente me contou a sua história e, ainda em lágrimas pela morte da mãe adotiva, me disse que nasceu de uma jovem de 16 anos, sem condição favorável de sobrevivência e que teve como "única" opção deixá-la nascer e entregá-la à família adotiva. Após relatar a relação "mãe e filha", com todos os altos e baixos de uma realidade comum, me perguntou se é possível que ela siga a dor da mãe, podendo até mesmo deixar de viver. Porém, em todo o relato, ela se referia à mãe adotiva, mas me mostrava a mãe biológica: na força da renúncia, no amor incondicional e na difícil separação em forma de "doação". Perguntei a ela: "De quem você mais recebeu?" Ela respondeu imediatamente: "Da minha mãe (adotiva)".

Carinhosamente, a convidei para olhar para a dor da mãe biológica que a deixou nascer, a deixou crescer numa família favorável e a deixou "livre" para ter um futuro cheio de possibilidades. Juntas, sentimos o amor e a doação dessa mãe tão jovem, tão grande e que pagou um preço tão alto pela vida da filha. Então, continuei: "Não se preocupe, a filha de duas mães que serviram a vida aprendeu a viver. Em homenagem a elas, viva!".

Não é comum a filha se ocupar com as histórias difíceis da mãe de maneira consciente, por isso, em muitos casos, ela carrega suas dores. Quando a filha reconhece a grandeza da mãe e consegue compreender os motivos que a levaram a agir daquela maneira, naturalmente, em forma de homenagem, ela faz diferente da mãe e garante uma vida melhor, não pelo fato de sentir que foi vítima dela, mas por sentir que foi o seu melhor resultado. "A leveza no caminhar não muda a estrada, muda a caminhada", afirmou Samer Agi.[4] Isso significa que todo destino pode ser mais leve. Apesar de carregarmos muitas mágoas e dores do coração, é preciso soltá-las e deixá-las no passado. Carregá-las é o mesmo que mancar em direção ao futuro.

Antes de uma mãe ter uma filha, é fato que ela não precisou dela para sobreviver. Atravessou vivências variadas e, com sua estrutura física, emocional e espiritual, soube "ficar viva" com os desafios familiares e de uma sociedade real que não passa a mão na cabeça de ninguém.

Com certeza, a maternidade amadurece muito a vida da mulher, pois exige dela uma responsabilidade e uma doação que, possivelmente, nunca conheceu antes de ser mãe, mas que não oferece a ela uma troca com a filha.

Quando a filha é uma criança, ela precisa da mãe e do pai para crescer com segurança e garantir que vai conseguir "ficar viva" no futuro. Nessa ordem, a mãe cuida da própria vida para dar conta de cuidar da vida da filha. São as crianças que precisam dos pais, não ao contrário.

• • • • • • • • •

4 Frase do texto "No fim das contas", publicado no Instagram de @sameragi.

A mãe cuida da própria
vida para dar conta de
cuidar da vida da filha.
São as crianças que
precisam dos pais,
não ao contrário.

3.
O que é tomar a mãe?

Quando nos sentimos "saciadas" daquilo que nossa mãe nos traz, realmente tomamos a vida e, em contrapartida, a vida nos toma e leva para onde devemos ir. Algumas filhas são incapazes de tomar a mãe, pois estão ocupadas demais exigindo dela. E essa é uma das situações que nos ajuda a ver neste capítulo como podemos estar causando a nossa própria dor.

Independentemente do motivo, uma filha entregue para a adoção, uma filha criada com os avós, uma filha preterida em função dos outros etc., configura a realidade difícil da mãe que não conseguiu cuidar dela. A mãe pode até colocar um tapete em cima dessas histórias para nunca mais falar sobre, mas para sempre vai carregar a escolha de ter permitido que uma parte de si seguisse sem ela. A imagem é de um vazio que nunca mais será preenchido, assim como o tempo que nunca voltará. Digo isso porque a mãe perde uma parte significativa do amor que segue por meio dela e, mesmo construindo uma nova história, sente as consequências dessa perda por toda a vida.

A "mãe perdida", com certeza, teve motivos sérios para ter desistido de dar amor a uma filha e, especialmente, de receber o amor dela, pois não é fácil segurar traumas que a colocam em contradição. Os resultados disso são graves, já que o amor perdido no coração da filha abandonada não pode ser recuperado e quem segura a "culpa" é a própria mãe.

Tempos atrás, uma mãe me procurou desesperada por não assimilar o motivo da rejeição da filha. Me contou que, quando se separou do pai dela, um homem "cruel", precisou deixá-la com ele para evitar as possíveis tragédias que a ameaçavam. Anos depois, num tempo mais calmo para todos, ao procurar a filha, não foi recebida, a qual afirma, até hoje, não ter mãe. Uma dor enorme no coração das duas será sempre lembrada pelo tempo que não viveram juntas.

Em razão disso, a filha sem a mãe permanece viva com o coração sem o amor, assim como a mãe sem a filha permanece viva com o corpo sem o coração, a alma sem a essência, o tempo sem o ciclo, o espaço vazio sem o conteúdo, a vida pela metade sem a plenitude e o dia sem o sol. Sozinhas, nenhuma das duas pode curar suas feridas, porém quanto maior a dor da mulher, maior também pode ser a sua cura. Logo, o que é tomar a mãe?

Tomamos a mãe à medida que alcançamos alguns lugares internamente e irradiamos como mulher. Aos poucos, descobrimos que quem irradia é imediatamente tomada de amor-próprio e, assim, nos abrimos para um profundo estado de permissão.

Tomar a mãe é concordar com a mãe, rendendo-se a ela, é olhar para a mãe e ver que ela é uma mulher comum, repleta de dores que possivelmente a filha não conhecerá. Tomar a mãe é não ter o desejo de mudá-la, pois não cabe à filha julgá-la e nem a educar, é decepcioná-la não fazendo por ela o que ela deseja para a vida da filha. Tomar a mãe é entender que a mãe como filha também sente a falta da própria mãe, é olhar para a mãe da mãe, ampliando a percepção.

Tomar a mãe é vê-la como forte, digna, grande e capaz de resolver os próprios problemas, é dizer: "Mãe, agora eu por mim e você por você", "Me olhe com carinho se eu fizer um pouco diferente" e "Por favor, me abençoe a ser mais leve". Tomar a mãe é um movimento diário e pede uma despedida depois de todas essas fases. Somente assim, a filha se transforma em mulher.

Esse "tomar" exige um caminho de internalização profundo por parte da filha que apenas o desenvolvimento pessoal é capaz de oferecer. Ouço muitos relatos de filhas que têm dificuldade para fazer essa caminhada, mas que têm consciência que o

> Nosso primeiro grande êxito é quando tomamos da mãe. Os outros sucessos que seguem na vida são consequência deste primeiro. Quem encontrou e tomou sua mãe tem sucesso. (...) Esta riqueza cresce sozinha e é o segredo da felicidade e da vida. (HELLINGER, 2019, p. 137).

A filha que não consegue tomar a mãe acaba fazendo por ela (deseja algo dela), não a vê como mãe e ocupa um lugar que não lhe pertence.

> Mas o que acontece quando temos uma decepção no amor pela mãe? É o caso quando esperamos mais do que é possível. Só nos resta ter profunda compaixão pelas mães, porque esse amor frustrado se transforma em rejeição e até em desejos de morte. (HELLINGER, 2019, p. 137).

Ela permanece infantilizada e se comporta como menina em suas relações e exige a mudança do outro, já que não reconhece que seu sofrimento origina-se da própria história. Perde energia se esforçando diariamente para ensinar o que é certo ou errado nas relações e se sente no direito de julgar ou condenar o outro, especialmente à mãe. Em muitos casos, ela assume que é a causadora dos vários conflitos que a envolvem por sentir-se incapaz de fazer melhor, porém a decisão de manter-se no estado do sofrimento continua. Crescer dói e exige da filha um amor que vê a realidade com nitidez, pois, ao contrário, o amor cego é aquele que cria vivências idealizadas e/ou distrações para não entrar em contato com a origem da dor.

A postura que a leva a julgar, criticar, rejeitar, ameaçar, competir, exigir, renegar, justificar as próprias decisões e buscar inocência nas relações, impede que ela veja a necessidade da mudança.

Essa filha se comporta como a "mãe da mãe" quando, por exemplo:

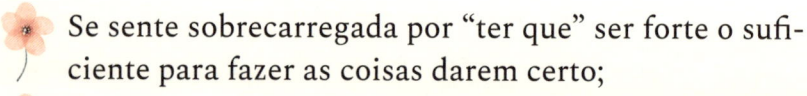

- Se sente sobrecarregada por "ter que" ser forte o suficiente para fazer as coisas darem certo;
- É aquela com quem a mãe sempre se queixa – da dificuldade de ficar sozinha, da doença, do casamento difícil, dos problemas pessoais, profissionais e financeiros, dos conflitos familiares em geral – e se sente na obrigação de "ter que" resolver tudo para ela;
- Não consegue se relacionar afetivamente de maneira saudável, pois vivencia relações que a desanimam, o suficiente, para não "ter que" se casar e construir qualquer família;
- Não consegue se desenvolver profissional e financeiramente, pois serve a negócios que não a valorizam e "tem que" continuar morando na casa dos pais;
- Adoece jovem e permanece como uma criança inocente na família, "tendo que" receber cuidados diariamente.

Por consequência, o notável fracasso da filha em qualquer setor da vida dela é um desejo oculto de "vingar" a mãe. Em alguns quadros, ela revela o adoecimento de sua raiz sendo um fruto frágil e indisponível para o mais da vida; em outros, ela faz pela mãe por sentir a força do destino dela e por guardar a mensagem: "você precisa de mim, mãe, já que só eu dou conta".

Uma maneira perigosa dela se "ver" melhor que a mãe, utilizando internamente as expressões[5]: "Eu por você", "Eu sigo você" e "Antes eu do que você". E, como resultado, sai da autorresponsabilidade nas relações e se apoia nas seguintes necessidades:

- Espera da mãe e do outro;
- Cobra da mãe e do outro;
- Culpa a mãe e o outro;
- Rejeita a mãe e o outro;
- Ameaça a mãe e o outro;
- Humilha a mãe e o outro;
- Pune a mãe e o outro;
- Sacrifica-se pela mãe e pelo outro;
- Terceiriza realizações à mãe e ao outro etc.

Ainda na postura da menina, utiliza frases do seu repertório emocional, que mais parecem vir de uma criança rejeitada pela mãe:

- Você não me faz feliz!
- Você não me completa!
- Você não me realiza!
- Você não me entende!

• • • • • • • • • •

[5] No capítulo 10, mostro como essas frases atuam no amor cego da filha.

- Você não me respeita!
- Você não me deseja!
- Você me humilha!
- Você me enfraquece!
- Você me destrói!
- Você me enlouquece etc.!

Grandes escolhas são solitárias

Por esse motivo, não permaneça numa relação tóxica com a justificativa que precisa "ajudar". Somente quem deseja a ajuda consegue se ajudar. É uma tomada de decisão que se abre para o acolhimento e consciência dentro de um acompanhamento profissional para, em seguida, com muito esforço, conseguir fazer a real mudança.

Antes, é preciso reconhecer a necessidade de sair do papel de vítima e/ou agressora e concordar que possui um adoecimento emocional. Bert Hellinger nos presenteou com as ordens da ajuda que equilibram as trocas nas relações:

- Dar apenas o que tem e tomar apenas o que precisa;
- Envolver-se ou apoiar apenas quando o outro permitir;
- Comportar-se como adulto e tratar o outro (também) como adulto;
- Compreender o contexto do outro e respeitar suas limitações, não julgando-o, cobrando-o ou "salvando-o" de suas dificuldades;
- Colocar o ajudado no coração e ver a sua dignidade no próprio esforço ou fracasso.

A filha que se comporta como mulher assume e acolhe os próprios limites, entrega, apenas, o que tem nas relações e não exige nada e de ninguém o que recebe, simplesmente por se alegrar com a realidade e confiar na própria força. Só a filha que enfrenta uma grande "culpa interna" e segue a caminhada, sem se colocar como responsável pelos sentimentos e vivências da mãe, se comporta como a filha da mãe. O amor que vê de maneira clara é o que consegue reconhecer a origem da dor e, depois, concordar com ela no seu tempo e espaço, sem julgá-la ou desejar mudá-la. Com esse amor, utiliza a expressão interna: "Mãe, vejo você e tudo que veio com você". Ao concordar com a realidade da própria história, nasce a mulher que, mesmo de frente às dores do passado familiar e de suas relações atuais, caminha com passos seguros para o futuro.

Ou seja, fazer pela mãe com gratidão, sem se envolver no destino dela, é reconhecer a mãe como mãe e responsabilizar-se apenas pela própria vida. Com o sim da mãe, começamos o caminho da vida, foi por meio dele que nascemos, crescemos e nos tornamos mulheres. Respeitar o sim da mãe é um movimento essencial para se abrir ao sim à vida. Quando manifestamos a dificuldade em viver esse *sim*, vivemos vários *nãos* na realidade:

- Não para a vida a dois;
- Não para a saúde;
- Não para a sexualidade;
- Não para a maternidade;
- Não para a carreira;
- Não para o dinheiro;
- Não para as mudanças;
- Não para si mesma etc.;

Apenas a filha que segue o sim da mãe e confia, vive os seus vários sins à vida e consegue se abrir para um caminho de possibilidades, se expandindo para novos projetos. E parte disso vem de se permitir reconhecer a dignidade da mãe pelo fato de saber que ela é imperfeita; concordar com a história dela e não julgá-la em suas decisões; respeitar a postura dela e não exigir a sua mudança; valorizar o destino difícil dela e aprender a fazer diferente; não se sentir refém dela e agradecer a oportunidade de ser mulher e não rejeitar o próprio valor ao amar a mãe (origem) e a vida (destino) do mesmo modo.

Como pequena, a filha pergunta: "Mãe, o que você faz quando sente que não aguenta mais?". E tem como resposta: "Eu olho para você, filha, e sigo!". Somente a filha que se ocupa do seu lugar tem capacidade de se sentir viva, pois sabe que a mãe não é capaz de preencher o seu vazio, se ela não se ama. A filha é capaz de ser feliz se toma a própria felicidade.

Com o tempo, a filha consciente vai abandonando o peso que carregou pela mãe todos esses anos. Ela não aguenta mais! Sabe que está de mãos atadas com os fardos assumidos por ela mesma e que pode se libertar do que ainda a prende, das fases de solidão e das rejeições vivenciadas desde a infância.

Nem toda filha se sentiu "amada" pela mãe, considerando sua falta de reconhecimento pela mulher que se tornou. Por isso, em alguns relatos, ouvi: "suspeito que minha própria mãe não me amou. Será que alguém poderá me amar?".

Sim! Ao compreender onde encontrar o amor da mãe, a filha pode abrir um novo caminho para começar a se amar.

A filha que tomou a mãe, os homens têm o respeito

Entre suspiros e aplausos, Stephan Hausner[6] nos presenteou com a frase: "As mulheres inteligentes não buscam um homem. Elas tomam a mãe e se permitem ser encontradas". Esta frase fez todo sentido para a minha história e traduziu as minhas escolhas mais sábias como mulher. Dez anos antes de ser encontrada por meu atual marido, comecei o processo terapêutico para compreender quais eram as causas que me impediam de ser realizada no amor. Para a minha surpresa, depois de várias sessões, descobri que era uma questão a respeito da relação com a minha mãe e não, propriamente, com os homens.

Afinal, na minha cabeça, nunca tive problema com a minha mãe; já no coração, não sabia que o problema dela também era o meu, pois só sentia a mesma dor. Então, fui convidada para olhar para a minha mãe. E de lá para cá, o meu olhar de filha me mostrou o olhar da minha mãe e, por meio do olhar dela, consegui me ver. Logo, aprendi a me relacionar internamente com ela sem medo de sua história, sem pena de suas dores e sem intenção de mudá-la.

Num sábado de trabalho, num módulo de Pós-Graduação, fui dar aula para uma turma de Gerenciamento de Projetos e lá fui encontrada, entre os meus alunos, pelo homem que me fez esposa, mãe (de duas anjinhas) e cada dia mais mulher.

• • • • • • • • • • •

6 O alemão Stephan Hausner facilitou o *workshop* de constelação familiar: "Mesmo que custe a minha vida" no Brasil, em dezembro de 2021, trazendo-nos significativas contribuições na arte de acompanhar pessoas nas dinâmicas subjacentes aos sintomas familiares.

Se a mulher deseja um homem, é importante que, primeiro, ela trabalhe dentro de si para encontrar uma forma de se respeitar, para que a vida a dois aconteça por consequência. É na relação com ela mesma que é possível ver, com clareza, a relação com a mãe, pois o mesmo amor materno que chegou ou faltou para ela, é o que sustenta os seus sentimentos na vida a dois. Se a mulher sente que não recebeu o suficiente da mãe, vai, sem perceber, exigir de um homem o amor que lhe faltou.

Nesse lugar, ela não respeita a mãe nem a si mesma, muito menos o homem, já que se torna uma ameaça para ele. Se a mulher sente que recebeu o suficiente da mãe, naturalmente, não mendiga o amor de ninguém, pois se sente inteira para dar conta das próprias frustrações. Assim, ela respeita a mãe, a si mesma, o homem e a relação.

Não há lugar mais forte na vida da mulher que o próprio destino, mas a filha que não cresce na relação interna com a mãe, não consegue receber da vida e fica fraca para servi-la em suas funções. Viver um amor possível exige, em primeiro lugar, uma liberação pessoal. Em razão disso, é preciso olhar para a relação com a mãe e identificar onde a dor dela se encontra em suas lealdades cegas.

A partir dessa consciência, as causas que a impedem de amar a si mesma se tornam claras e passíveis de recuperação. Amar a si mesma pode ser um romance para a vida inteira.

Acesse a música *Amor de mãe e filha* no QR Code ao lado.

Ao compreender onde encontrar o amor da mãe, a filha pode abrir um novo caminho para começar a se amar.

4. A mãe real é a que menos fere

Neste capítulo, vamos compreender a importância das histórias difíceis que, por um motivo maior, sempre nos fazem ganhar. É como se procurássemos respostas, mesmo sabendo, de forma inconsciente, que elas estão em nós. Depois que internalizei alguns processos em que tive o coração partido, parei de me cobrar quando os "ganhos" já não estão a meu favor! Então, sempre pergunto: "Para que preciso passar por isso?".

Ao contrário do que imaginamos, a mãe real é a que menos fere, pois essa é a que acalma a ânsia da filha de procurar por ela. Reconheço que a mãe difícil é uma carga muito pesada para a filha, pois representa a sua dor como mulher em todas as funções, porém, ao mesmo tempo, é o impulso que a convida para fortificar sua postura adulta por meio do olhar realista de que as coisas da vida nem sempre são fáceis. O perfil da mãe é variado, mas as queixas da filha são:

- Minha mãe não me ama;
- Minha mãe não me reconhece;
- Minha mãe não agradece o que faço por ela;
- Minha mãe não me incentiva;
- Minha mãe não é carinhosa;
- Minha mãe não é presente;
- Minha mãe não deixa eu ter a minha própria vida.

A filha da mãe difícil, em geral, torna-se uma mulher muito forte, o grande desafio é se manter forte na parte boa da vida, já que muitas vezes, essa força está na depressão, nos fracassos, nas doenças, nas diversas formas de solidão, nas decepções, nos vícios, nos abusos, nos medos, nas inseguranças, nos jogos de poder etc.

É importante a filha saber que a mãe que se sente ferida como filha e torna as coisas difíceis entre elas, mostra a dor pela própria mãe e por ela mesma em um conflito que nunca acaba. É uma realidade que exige da filha muito amadurecimento e compaixão, pois quando ela idealiza a mãe, imediatamente a rejeita e transfere essa idealização para si mesma, por meio de uma "perfeição" que nunca chega para ela como mulher.

Somente quando a filha toma consciência do seu lugar na vida da mãe difícil, aprende a se respeitar como mulher e colocar um limite saudável entre elas. Essa filha se protege dos limites da mãe, toma a realidade como a própria força e procura e encontra todo o resto em outro lugar.

Não tem nada de errado comigo, só estou dentro do meu destino

Muitas mulheres sentem que já fizeram de tudo para receber o seu reconhecimento como filha, mas ainda sentem-se "culpadas" ou "confusas" por desejarem o afastamento da mãe.

As queixas traduzem a distância que as próprias mães colocam, pois além de suas exigências, controles, críticas, indiferenças, descasos, manipulações, resistências etc., se apresentam como se precisassem de cuidados que acabam dificultando a transformação da filha como mulher. Essas filhas têm dificuldade de concordar com o destino difícil de suas mães e, em especial, de seguir como mulheres verdadeiramente livres.

Lamentavelmente, nem todas as filhas foram bem cuidadas e protegidas por suas mães. Apesar disso, é possível ampliarmos a percepção sobre essa pouca maternidade.

Minha querida mãe,

Quero dizer que foram inúmeras vezes que sofri com suas atitudes de desamor. Foram tantos os momentos em que senti falta do seu amor, da sua compreensão, da sua paciência, do seu carinho, da sua nutrição e da sua atenção. Quando você colocava a carga pesada do seu trabalho em mim, das suas obrigações como esposa e mãe, como cuidar de mim, da minha alimentação e da nossa casa; tudo isso pesava meu coração com uma raiva que eu não sabia expressar.

Doía muito quando você me batia e brigava com o meu pai, pois, em vários momentos, sentia que eu era o peso da vida de vocês e tinha medo dele ir embora.

Naquele dia em que você me fez entrar na escola sem tênis, senti tanta vergonha e desproteção que o meu único sentimento era de que você não me amava. E esse sentimento ganhou força quando me abandonou no meio do restaurante do posto, onde eu estava passando mal, e experimentei, mais uma vez, o abandono, como se eu não tivesse mãe. Por anos, procurei a resposta da difícil pergunta: "Que tipo de mãe abandona sua filha?".

Eu não entendia por que você saía para namorar e me deixava dentro do carro, no banco de trás, olhando aquela cena sem saber ao certo o que era "aquilo", sentia-me vazia, estranha, incomodada e envergonhada por mim e, em especial, por você. Por que eu estava lá, mãe? Ainda guardo as cenas de você me tirar de casa para levar seus homens e ficava brava e me sentia impotente diante dessa realidade cruel entre nós.

Confesso que foi pesado assumir as tarefas da casa (arrumar, lavar, passar, cozinhar etc.) ainda na infância e me sentir sobrecarregada e insegura, principalmente ao ver a sua insatisfação com tudo que eu fazia. Mas, apesar de tudo que passamos juntas, quero agradecê-la por minha vida e dizer que te amo.

Dentro do meu coração, o meu maior desejo é conseguir reconhecer sua grandeza e perdoá-la, acolhendo tudo com amor.

Você tem meu amor e meu respeito, sua filha.[7]

Comportar-se como mãe da mãe é um caminho que provavelmente todas nós conhecemos, pois sob nossos olhares *ou nossas mães precisaram de nós ou nossas mães se afastaram de nós*. Sophie Hellinger[8] mostra que o grande desafio da filha é tomar a mãe como ela é, sem ser parcial ou julgar a realidade, ter compaixão por sua história de vida.

Essa filha se curva ao destino da mãe real e segue com a consciência aberta. Assim, ela decide amar a mãe como ela é, não como ela gostaria que fosse.

Você, como filha, pode ser você mesma com tudo o que chegou e faltou da sua mãe. Esse é o segredo da boa relação com ela, afinal, sua mãe, assim como você, tem o direito de ser

• • • • • • • • • •

7   Carta de liberação à mãe, utilizada em técnica terapêutica no consultório com o propósito de entrar em contato com os sentimentos primários que ficaram guardados no inconsciente desde a infância. A cliente liberou o conteúdo para ser apresentado no livro, mantendo sua identidade preservada.

8   Reflexão inspirada nas aulas de Sophie Hellinger ministradas no Brasil e na Alemanha, entre os anos de 2016 e 2020, pela Hellinger Schule.

ela mesma com tudo o que chegou e faltou da mãe dela. Por isso, não precisa lembrar de sua mãe com dor, pois quando você consegue se desfazer da imagem idealizada e enxerga a imagem real dela, com certeza, toma apenas o possível para o próximo passo.

Há uma diferença entre a mãe ideal e a mãe real. A primeira é aquela que você descreve com a força de tudo o que faltou de sua mãe para você. A segunda é aquela que você descreve com a força de tudo que chegou de sua mãe para você. Por isso, *amar* a mãe real é o único movimento sólido com conteúdo de verdade para a vida. A partir desse amor é que você aprende a se amar.

Quando a filha exige: *seja a mãe que eu preciso, não a mãe que você é*, ela não consegue suportar essa diferença. Sendo assim, mãe e filha seguem distantes também pelo coração. Às vezes, em casos nos quais a mãe prefere a própria solidão no lugar da intimidade com a filha, é perceptível sua insistência para tentar aproximar-se da mãe, na tentativa de ter o acolhimento que sempre sonhou na infância.

Precisar da mãe passa a ser um "incentivo" doloroso para a filha abastecer o seu caminho como mulher, além de se manter sempre em contato com a fantasia de que um dia será, de fato, vista pela mãe.

A mãe dá a vida à filha e este movimento de servir a vida é suficiente para que ela tenha crédito. Agradecer esse presente da vida é o mesmo que conseguir acordar todos os dias e dizer para si: "Que bom, eu ainda estou viva!". Poder conviver com a mãe, com todas as consequências, é uma oportunidade de formação pessoal melhor, especialmente na infância, uma vez que a filha que pode confiar na mãe que teve, também pode confiar na mulher que está se tornando.

O que aconteceu com a mãe marca para sempre o coração da filha

Sabendo de tudo isso, como podemos, então, crescer na relação difícil com a mãe? Muitas mulheres, vítimas de maus-cuidados e de agressões físicas e psicológicas por parte da mãe, desconhecem os impactos causados pela lealdade cega ao sistema familiar em função da necessidade de preservar a "boa consciência".

Quanto mais as filhas feridas seguram suas queixas como "escudos de proteção" de uma infância e juventude difíceis, mais correm o risco de repetir os padrões de comportamentos e sentimentos adoecidos de suas mães. É notável como a força da repetição acontece na vida dessas mulheres, quase sempre reproduzida contra elas mesmas. E, sem perceberem, são o alvo de sucessivas anulações, críticas, cobranças, inseguranças, abandonos, culpas, medos, rejeições, desânimos, raivas, tristezas, solidões e outros sentimentos e situações que as "prejudicam" na vida.

A **primeira decisão** a ser tomada é a de dizer "sim" à mãe, compreender a história dela e concordar que ela é a mulher que consegue ser.

Isso não significa suportar seu comportamento abusivo numa relação próxima, especialmente nos quadros em que há transtornos psicológicos envolvidos, mas reconhecer que ela possui limitações que precisam ser consideradas e tratadas. Ver essa mãe como uma mulher comum e imperfeita ajuda a desistir de querer mudá-la e de viver esperando por seu amor, afeto e respeito.

A **segunda decisão** é olhar para além da mãe e vê-la, também, como filha que, provavelmente, teve dificuldade na relação com os pais na infância e reconhecer a origem da sua dor. Ao ampliar essa compreensão, a filha consegue dar um novo significado à realidade da mãe e, com compaixão, fortalecer o laço com ela.

É possível perceber que a raiz das dificuldades emocionais com a mãe está, na maioria das vezes, nos traumas originados das mortes difíceis, dos abusos, das traições, do amor interrompido precocemente na infância, da falta dos cuidados básicos de sobrevivência e das negligências perigosas que seguem de geração para geração.

Tomar consciência de que a mãe nem sempre foi boa é um dos esforços mais dolorosos do processo de amadurecimento da filha.

A **terceira decisão** é honrar e respeitar a mãe em suas dificuldades e abrir o coração para tomá-la como a mãe certa. Essa orientação de Bert Hellinger costuma provocar inquietação ou revolta nas filhas que foram vítimas das crueldades da mãe e, por isso, em muitas situações, as constelações familiares são questionadas nesses quadros.

Posso afirmar que o caminho da honra e do respeito pela realidade difícil da mãe se torna seguro depois que a filha conseguir metabolizar toda a dor e sofrimento vivenciado desde a infância. Para isso, é preciso, por meio de processos terapêuticos, fortalecer a energia adulta que chega com a nova consciência e desenvolver uma postura madura para verdadeiramente conseguir dar um sim à mãe.

Ao incluir a mãe no coração, a filha enfraquece ou consegue bloquear a repetição dos padrões de dor na família e possibilita a cura (com o amor que vê) para seus descendentes. Aprender a se relacionar com a mãe, mesmo com sua história difícil, é a receita de cura que mais indico para amadurecer como mulher.

Não existe fim para esse processo, pois tomar a mãe é um exercício diário que exige da filha permanência em seu lugar de pequena. Você saberá que cresceu na relação difícil com a sua mãe quando, finalmente, conseguir agradecer a existência dela e lhe dar todos os créditos por ter nascido e hoje estar viva e cheia de oportunidades.

Reconhecer que você é filha de uma mulher imperfeita e poder crescer com as próprias imperfeições é libertador, já que, com esse conceito, você assume que *também* carrega traços que comprometem a personalidade. Essa nova consciência possibilita que você veja sua mãe com mais humanidade e volte a confiar na força da sua origem, uma vez que sabe que nenhuma filha é vítima da própria história.

Depois de compreender os processos, transformar o olhar e a postura e concordar com a realidade, é importante seguir frente a uma nova conexão com a vida que sempre leva ao crescimento.

No final das contas, ter paz com a mãe, ser consciente, agradecida e tomada do que foi possível mostra o amor por ela nos avanços da própria vida.

O importante é estar em paz com a realidade, mesmo com tudo que merece melhorar

É fato que para muitas filhas que tiveram uma mãe difícil, foi, em determinado momento de vida, mais seguro afastar-se dela e tomar a decisão de se retirar para seguir sozinha. Essa decisão, no entanto, se foi tomada com sentimento de aversão pela experiência vivida, pode acarretar dores que as acompanham uma existência inteira e que são refletidas em várias relações. Inicia-se, o movimento para o menos em tudo que essas filhas fazem como mulher. E como é possível inverter este movimento e solucionar esses traumas? Isso somente se consegue onde tudo começou: com a mãe.

Seu sofrimento tem a função de tirá-la do lugar, pois sofrer é um movimento de crescimento que trabalha para o despertar e para a conclusão de um ciclo. Isso não significa que você está presa por "muito amor cego" a alguma situação dolorosa, mas que você não está se amando como merece.

Se nesse momento você sofre na relação com a sua mãe, não é porque não tem "consciência" do seu passado, mas é por não conseguir ser quem realmente você é e, por falta de confiança no momento presente, estar sentindo falta de si mesma em sua plena essência.

Experimente dizer: "agora, deixo o passado para trás" e sinta a força que é concordar com a realidade de que toda história tem fim. "O que custa coragem é o que nos faz crescer o mais rápido", explicou-nos Bert Hellinger.

Você saberá que cresceu na relação difícil com a sua mãe quando, finalmente, conseguir agradecer a existência dela e lhe dar todos os créditos por ter nascido e hoje estar viva e cheia de oportunidades.

5. A mãe boazinha é a mais difícil

Algumas mulheres compartilharam relatos com dificuldade não apenas em *deixar* a mãe, mas especialmente em compreender o motivo pelo qual é necessário *deixar* a mãe. Como resposta a várias perguntas, senti que a frase *a mãe boazinha é a mais difícil*, pois além do longo processo que vivenciei para *deixar* a minha mãe no destino difícil dela, acompanhei várias mulheres até aqui com histórias diferentes, porém com o mesmo desafio.

Não é simples abrir o coração para a mãe e dizer: "Obrigada, agora eu por mim e você por você!", uma vez que essa decisão só acontece internamente quando admitimos que *tomamos* a parte dela que foi possível e que todo o restante buscaremos e encontraremos em outras relações.

Não se envolver na vida da mãe e não permitir que ela se envolva em nossa vida é um ato de amadurecimento, visto que a filha adulta que cuida da própria vida não precisa mais da mãe e a mãe que cuida da própria vida se torna desnecessária para a filha adulta. Veremos, neste capítulo, que apenas nessa dinâmica a relação mãe e filha tem força. É claro que muitas mães, em algum momento da vida, precisarão do "apoio" que, naturalmente, receberão na velhice ou em alguma fase vulnerável, pois nos corações gratos das filhas cabem muitas histórias de família. Nesse quadro, o apoio acontece por gratidão e não por obrigação.

Para Sophie Hellinger[9], "o amor humano e não exagerado pode continuar e a mãe fica livre" das enormes expectativas da filha. Participei de uma meditação com ela que nos levou ao momento em que nascemos, e ali pudemos perceber e sentir a primeira separação que vivenciamos com a nossa mãe e que, sem dúvida, crescer ao lado dela foi uma felicidade natural. Todavia, seguir adiante como mulher pressupõe uma importante despedida e isso exige renúncia (não querer as coisas do nosso jeito), entrega (concordar com o sistema familiar), permissão (apropriar-se do próprio destino) e amor-próprio (se alegrar com a realidade) para fazer escolhas que verdadeiramente realizam.

Despedir-se da mãe é deixar que algo fique no passado, em vez de carregá-lo, e levar para o futuro somente a parte boa com a qual fomos presenteadas. Por exemplo, considerar todas as nossas conquistas até aqui como homenagens às ancestrais. Por isso sempre digo: é mais fácil deixar uma mãe difícil na vida dela (essa mãe *faz menos que o suficiente para a filha para que ela seja completamente livre*) do que uma mãe boazinha (*essa mãe faz mais que o suficiente pela filha para que ela não vá embora*).

A mãe dá a filha aquilo que ela própria é

É comum observar o momento em que a filha menina começa a se tornar a filha adulta: ela se distancia temporariamente da mãe. Esse movimento acontece para que a filha consiga resistir ao processo de reinfantilização, pois

• • • • • • • • • •

9 Trecho da obra *A própria felicidade*, p. 137.

quando muito próxima da mãe é "quase" impossível adquirir confiança em sua própria individualidade. Após essa travessia desafiadora para mãe e filha, esta última, já bem instalada em sua fase adulta, sente que pode estreitar novamente a relação com a mãe.

Quando a menina se torna mulher, é possível que mãe e filha voltem a ser instrumento de amor e respeito para compensar o tempo "perdido" entre elas. Essa passagem da filha menina para a filha adulta marca, de fato, muito estranhamento e, na maioria das vezes, a mãe perde a importância dos seus cuidados com a filha e "sofre" uma impotência forçada. Além disso, a mãe volta a experimentar alguns aspectos da sua própria adolescência, enquanto a filha vive o processo, e atravessa o desafio de olhar para as dores que ainda não foram acolhidas.

E esse "se tornar desnecessária" começa já na infância, pois, para que a filha possa crescer e se tornar uma mulher livre e independente, a mãe "falha" nos cuidados maternais, já que vai "deixando" de fazer por ela o que ela mesma é capaz de assumir. A boa filha, então, é aquela que topa se despedir dos cuidados da mãe, reconhece seus limites, honra sua trajetória e segue com a confiança de ser ela mesma.

Imagine a seguinte situação: a filha tem trinta anos de idade e ainda conta com os cuidados básicos da mãe, como comida feita, roupa lavada e passada, casa limpa e organizada, contas pagas e recursos financeiros que a apoiem pessoalmente. Essa superproteção da mãe enfraquece o caminho da filha, que não se vê forte e segura o bastante para cuidar de si mesma, cuidar do lugar que habita e dos compromissos que faz com a própria vida.

Sendo assim, uma das piores coisas que uma mãe pode fazer por uma filha é superprotegê-la, já que a mensagem que está por trás disso é: "Filha, por favor, fique!". Isso a torna cada vez mais dependente da proteção da mãe e, em troca dos inúmeros cuidados e das falsas vantagens, a filha se torna voluntária de situações pouco a pouco mais perigosas, dizendo internamente: "Mãe, nunca vou te deixar, mesmo que isso custe a minha vida". Assim, mãe e filha vão se alimentando de um sofrimento comum: a mãe enfraquece seu fruto para não o perder e a filha se enfraquece, sendo o fruto perdido.

Há também a seguinte questão: "se eu for uma filha boazinha, minha mãe vai me respeitar?". Por incrível que pareça, esta pergunta costuma ser recorrente nos atendimentos, pois, mesmo adulta, a mulher que deseja curar sua relação difícil com a mãe mostra-se na função filha. Não dar importância às exigências da mãe, fingir que não liga quando ela reclama, mostrar indiferença com relação às críticas e aos julgamentos, manter distância dos problemas familiares e, especialmente, de suas dores e dispor-se a "concordar com tudo" para não avolumar os conflitos, são movimentos que não garantem o respeito por parte da mãe. Esse respeito vem com a profunda verdade que mora no coração da filha e ela não precisa ser boazinha, bonitinha nem obediente para recebê-lo.

A filha precisa ter uma postura adulta para saber renunciar ao que sempre esperou e não teve da mãe (afinal, ela deu o que podia dar); saber reconhecer a dignidade dela nas vivências difíceis (afinal, ela é como um "para-raios" e retém cargas que os descendentes não vão conhecer); saber ouvir o discurso conflituoso e, imediatamente, se calar e se posicionar na conversa ao reconhecer o estado emocional infantilizado da mãe; saber não se envolver com os problemas dela, exatamente por não ter o desejo de salvá-la e, ao mesmo tempo, ter o coração em paz com isso.

Ao decidir se alegrar com a relação mãe e filha que teve até aqui, a filha que não precisa se sentir especial terá tranquilidade ao "decepcioná-la" e saberá fazer diferente dos padrões dela. E com sabedoria, responsabilidade, dignidade, honra pelo passado e amor à própria vida, tomará o respeito de sua mãe e, consequentemente, respeitará a si mesma. Apenas a filha que respeita a mãe respeita as outras mães e mulheres e recebe o respeito delas e da vida.

A sua mãe é amorosa, carinhosa, atenciosa, cuidadosa, disponível e sempre fez tudo por você? Se positivo, então, você tem um desafio: aprender a "deixar a mãe" e seguir o seu caminho, pois ela espera algo de você. A expressão "deixar a mãe" soa polêmica, mas tem um significado importante para o seu desenvolvimento emocional e, com certeza, te exigirá muito mais amor do que imagina.

O que é deixar a mãe?

Deixar a mãe é *deixar com ela* tudo o que *pertence a ela*:

- A relação com a família de origem: avós, pais, tios, irmãos etc.;
- A relação com os nossos pais e/ou outros homens: casamento difícil, separação, traição, dificuldades para manter o lar etc.;
- A relação como mulher: solidão, depressão, traumas, frustrações, decepções, vícios, preocupações, dependências emocionais, problemas profissionais e financeiros, doenças em geral, falta de realizações etc.;
- A relação como mãe: cuidados com os filhos, abortos, perdas de filhos, abusos em geral, dificuldade de deixar os filhos seguirem a própria vida etc.

Perceba que deixar a mãe é, tão somente, não se envolver com as coisas dela e confiar que ela está a serviço do próprio destino. Não é fácil deixar a mãe viver a dor que ela mesma atrai e não fazer nada com isso. A sensação é de impotência e de ingratidão, pois no coração da filha sempre cabe um sacrifício pela mãe, especialmente se ela é uma querida.

Confesso que no meu processo mãe e filha, na fase final da vida da minha mãe, eu tentei de tudo, de maneira inconsciente, para que ela permanecesse viva: me divorciei para voltar para a casa dos pais, trabalhei numa área profissional na qual eu não desenvolveria carreira para viver a estabilidade profissional e financeira – e me sentia feliz ao viver mais como "filha" (menos responsabilidades), que me permitia alguma distração e me afastava do universo adulto.

É preciso saber deixar a mãe para que se possa trilhar o crescimento pessoal e ser capaz de estabelecer dinâmicas saudáveis. Quando há desequilíbrio nas relações é que vem à tona a dificuldade de abraçar o próprio amadurecimento. Assim como eu fui, existem mulheres que sentem a necessidade extrema de agradar os outros para se sentirem amadas, pois, ainda que inconscientemente, se cobram pela mãe, acabando por se abrirem para diversos abusos em outros relacionamentos.

Agindo assim, essas mulheres afastam-se de si mesmas para estarem próximas de quem amam e, sem perceber a causa, sentem dores emocionais e físicas constantemente. No abandono de si, desenvolvem ilusões perigosas que levam ao sacrifício e aos caminhos das cobranças e dos conflitos, das submissões e dos abusos. É fácil perder a convivência com quem realmente se é! Desta maneira, deixo algumas perguntas para reflexão.

1. Você se relaciona para ser uma mulher amada ou respeitada? _____
_____

2. Quantas vezes você se perdeu de si mesma ao longo dos relacionamentos na esperança de ter o amor dos outros?_____

3. Você tem saudade de si mesma, pois sente que já não vive mais a própria vida? _____

4. Você está mais próxima ou mais distante da realização dos seus sonhos? _____
_____
_____
_____

Quando somos colonizadas na relação com a mãe ou mesmo com outras pessoas, também somos responsáveis e devemos olhar para a necessidade de ter recebido mais da nossa origem, pois essa ânsia atrofia o nosso crescimento pessoal e paralisa o amor.

Então, consulte seu coração e veja quais são as exigências que você ainda guarda desde a infância com relação à sua mãe, "se ao menos ela fosse mais compreensiva", "se ao menos ela tivesse mais disponibilidade", "se ao menos ela não se preocupasse tanto com a opinião dos outros", "se ao menos ela cuidasse melhor dela" e perceba se, dessa forma, ela seria a mãe que você sempre quis ter.

Esperar da mãe é viver da angústia do que poderia ter acontecido, "se ao menos", e viver numa prisão interna ao achar que "essa mãe idealizada" mudaria todo o percurso da história.

Algumas filhas têm a alma esgotada pela dor da mãe. Ainda assim, com coragem e inventividade, podem buscar a cura.

Nenhuma pessoa poderá preencher seu coração se antes você mesma não aprender a fazê-lo

A mãe não é amiga da filha. Ela é a mãe.

Mãe e filha podem desfrutar de um relacionamento afetuoso e próximo, mas tornarem-se melhores amigas reforça o adoecimento da mãe e deforma o crescimento da filha. Elas são de gerações diferentes e se relacionam saudavelmente com amigas que compartilham a mesma fase da vida.

Em razão de seus diferentes momentos, a mãe saudável abre espaço para o caminho da filha que segue ou não os seus ensinamentos. A filha, em geral, precisa de certo distanciamento da mãe para crescer, e a mãe, quando realmente está cuidando da própria vida, acompanha esse crescimento e sente segurança na formação que deu. No entanto, a mãe que se comporta como uma "amiguinha" desfaz os limites necessários entre ela e a filha e "perde" o lugar de orientadora.

Quando a filha tem uma mãe que se comporta como ela, inconscientemente, sente-se perdida e busca outra "mãe" em suas relações. Para que a filha possa amadurecer sem carregar tantas dores, precisa de uma mãe que assuma as responsabilidades da própria idade e não projete sua vida na vida dela.

Quando mãe e filha são capazes de vivenciar os ciclos separadamente, percebo que elas se tornam mais preparadas para se respeitar. A filha que não tem medo de deixar a mãe na própria vida tem mais facilidade para ter relações saudáveis (e respeitosas) com outras mulheres.

A mãe que se alimenta da presença da filha, com olhos sempre vigilantes, aprisiona-a em suas necessidades e dificulta que ela cresça como mulher. Por exemplo, a filha de uma mãe carente e deficiente de amor-próprio, em grau máximo, talvez tenha dificuldade de se abrir para o autodesenvolvimento, dedicando-se a promover a vida da mãe. Ainda pequena, a filha descobre que pode acalmar o desconforto da mãe sendo atenciosa, carinhosa e adaptável aos seus vazios e ocupa o famoso lugar da "mãe da mãe", pagando um preço alto quando compreende o que lhe custou.

Outro lugar perigoso de se tornar a "queridinha da mamãe" é quando a filha escolhe seguir a dor dela e passa a se sentir carente o suficiente para compartilhar os sentimentos da mãe, um lugar onde mãe e filha se aquecem na mesma solidão.

A filha que acredita que a história difícil da mãe a impediu de potencializar suas habilidades e, hoje, não é realizada por ser vítima desse passado, tem uma forte tendência em sentir-se "amada" apenas se estiver servindo a mãe, tornando-a orgulhosa.

Quando a mãe diz para a filha: "O que eu faria sem você?", mostra a necessidade de tê-la constantemente em sua vida, proibindo-a secretamente de formar outras relações de afeto. Daí se explica o motivo pelo qual algumas filhas ligadas à dor da mãe encontram-se afetivamente solitárias e não conseguem se realizar na vida a dois. Elas se ferem, gritando seus vazios nas relações abusivas e/ou mendigando por uma libertação, pelo simples fato de carregarem muita raiva de si mesmas ao ocuparem o posto das "queridinhas da mamãe" que se autoaprisionaram por tanto tempo.

Em alguns relatos, ouço que se sentem ilegais por viverem a própria vida, além de estarem exaustas de agradar a todos para não perderem suas relações e afundarem ainda mais em seus isolamentos.

Estamos aprendendo que a mais favorecedora das mães não é aquela que deixa de lado a própria vida para dedicar-se exclusivamente à formação da filha. Ao contrário, é aquela que vive em plenitude e que, em virtude desse fato, incentiva sua filha a fazer o mesmo. Veja, a seguir, o relato pessoal da Dra. Evelyn Bassof, em seu livro *Mães e filhas: a arte de crescer e aprender a ser mulher*, que exemplifica bem tal situação:

> Indisposta por causa de uma gripe, minha filha de 15 anos, independente e refinada, uma bela noite me procurou, toda tímida: 'Mamãe, você talvez ache estranho, mas gostaria tanto que viesse ao meu quarto e me aconchegasse... como você costumava fazer...'. Comovida e surpresa, fui com ela e, durante alguns momentos de inquietação, deixei-me ficar sentada na beira da cama, acariciando-lhe a testa ardente de febre, enquanto relembrava quanto tempo já se passara desde o dia em que me tinha permitido acarinhá-la. Súbita e imperceptivelmente, nosso relacionamento havia mudado. (...) Procurei lembrar, quando foi a primeira vez que se enrijeceu toda ao meu abraço? Ou revirou os olhos para mim com ar de desaprovação? Qual foi a primeira ocasião em que ela me pediu que saísse do provador da loja para experimentar na intimidade as peças de sua escolha? (...) Quando é que tudo ou quase tudo o que eu fazia começou a incomodá-la? (...) Gostaria de ficar ao pé de sua cama por horas a fio, mas sabendo que estava na hora de me retirar, inclinei a cabeça para

beijar aquela filha quase adulta e desejar-lhe boa noite. (1990, p. 11).

A relação de intimidade entre mãe e filha dá beleza e sentido à vida, mas também provoca confusão.

Filha amada, hoje você faz 15 anos!
A cada dia que passa, eu conheço e me embeveço um pouco mais com sua força, coragem, fibra e autenticidade únicas. Ser mãe de uma menina, de uma mocinha, de uma mulher em botão tem sido das aventuras mais ricas, instigantes e mobilizadoras da minha vida. Porque, naturalmente, como mãe, eu passei por todas as fases de tentar transferir pra você minhas defesas diante da vida, te proteger dos meus erros, te blindar com o que achei que foram acertos...
*Até que eu me deparei com sua natureza outra, nova, singular e vejo que Deus e a "ânsia da Vida por Si mesma", em você, já tinham outros planos, bem melhores e maiores do que eu jamais pude sonhar: *Você mesma* encontrando seu próprio jeito de ser e estar no mundo!*
Ser tua mãe, ao lado do seu pai, é um presente de Deus em minha Vida, que chegou naquele 11 de junho de 2007. E eu sei que sempre que você precisar vai encontrar nosso amor e nossa força dentro de sua Alma, para te apoiar em qualquer travessia de sua Vida. E eu também sei que você encontrará algo a mais, tão incrível e inesgotável quanto você mesma!

Feliz aniversário, debutante do meu coração! Eu te amo desde sempre e até o infinito... Beijos, de sua mãe, Daniela Migliari[10].

O começo nasce nos corações que se abrem para o futuro

A infância guarda um tempo – não tão distante para a filha adulta – em que a mãe tinha poder para acompanhá-la em todos os seus passos, desde as refeições até o momento da higiene, do sono e da brincadeira. A filha bebê não sobreviveria sem os cuidados da mãe e, por isso, o comportamento infantil serve para garantir a proximidade materna. No início da vida, a filha não imagina que, anos depois, ela mesma terá o poder de cuidar de si, no lugar da mãe.

Tal relação adoecida pode vir de um lugar distante em que os ciclos não foram devidamente construídos ou encerrados na linha das mulheres da família. Eis, então, o desafio mãe e filha, que novamente se separam na vida: a mãe vai se tornando desnecessária para a filha e a filha vai deixando a proteção da mãe para garantir a sua independência. Sem essa dança, as duas não encerram a vida compartilhada e a função mãe não evolui em seus ciclos e a função filha também não, pois esta permanece estacionada na infância.

Deixo, então, a seguinte reflexão: o que aconteceria se você não "cuidasse" emocionalmente da sua mãe?

• • • • • • • • • •

10   Daniela Migliari é jornalista, escritora e Consteladora Familiar Original Hellinger. Em 11 jun. 2022, fez esse texto em homenagem à filha e o publicou no Instagram @daniela.migliari.

Esse "cuidar" está relacionado a muitos outros movimentos e nem sempre se refere aos cuidados da sobrevivência. A filha que se preocupa com o comportamento da mãe e sente necessidade de "cuidar" das coisas dela, interfere em suas decisões e repete os ciclos que não consegue encerrar. Sem perceber, se coloca a serviço de "organizar" suas "bagunças" e adota um comportamento perigoso de codependência. Assim, a filha fica sujeita a vivenciar os distúrbios emocionais da mãe e, numa postura muito mais de filha "submissa" do que de filha "ajudante", recebe manipulações que deixam sequelas em sua própria vida.

Basta observar o seu "amor-próprio", pois geralmente a filha codependente acredita que é responsável pela felicidade da mãe, escolhe "salvá-la" em suas dificuldades, mas sente constante medo da rejeição. Essa filha invade o espaço da mãe com orientações que são "imposições" e não reconhece o desequilíbrio de estar fora do seu lugar de filha. Nessa posição, a filha encontra o reforço do abandono por naturalmente atrair pessoas que não a reconhecem e também exigem provas do seu amor. É uma repetição de dores, mas, ao mesmo tempo, é também uma grande oportunidade para encontrar a própria raiz. Nem sempre a mãe vai se curar de suas dores, mas é essencial que você, a filha, se libere delas e encontre a própria cura.

"Quando criança, eu tinha uma fantasia constante, tão forte e insistente que era quase uma alucinação. Eu imaginava ouvir alguém chorando. Esse choro era tão penetrante, tão comovente, que eu chegava a levantar-me da minha cama para tentar encontrar a pessoa e cuidar dela. Só muito mais tarde na vida foi que percebi que aquele choro vinha de uma parte de mim", relatou Kathie Carlson (1993, p. 89).

A mulher que não olha com atenção para o "lugar de filha ferida" dentro dela, na maioria das vezes, não percebe que ela continua presente em sua vida adulta. Quando não é vista e acolhida por ela mesma, acaba sendo negada e rejeitada e perde um pedaço essencial de si, tendo dificuldade de abrir o coração para se tratar bem como mulher e receber cuidados de outras pessoas e situações que a engrandeceriam.

A filha ferida guarda sentimentos legítimos que não foram atendidos em suas vivências com a mãe na infância e pode atravessar uma vida inteira esperando por isso. Nessa longa espera, torna-se uma espécie de "mendiga" em suas relações de afeto por desejar receber do outro o que não chegou da mãe.

Eis que ser especial para alguém passa a ser meta de vida e, na tentativa de ser atendida, pelo menos uma vez na vida, acredita que vai sair do "sono profundo" da solidão. Por isso, a cura não vem do esquecer, muito menos do "deixar para lá" e fingir que o passado não é importante.

Lembrar o passado sem sentir dor é um processo e somente a filha que "abre mão" das exigências que sempre teve da "mãe" poderá se libertar da necessidade de receber a aprovação materna e, sem apego e críticas com relação aos seus limites, sentirá paz e gratidão por sua origem.

Mãe, amo você dentro de mim, na segurança de ser eu mesma

Há pouco tempo eu era a menina da minha mãe e hoje eu sou a mãe das minhas meninas. Sou também a mãe da minha própria menina. Ao longo da vida, ela tem me mostrado os medos de uma infância ainda sem compreensão, em que sente frio nos momentos de tensão, solidão em seus vazios e confusão nos conflitos que vieram antes dela.

Mostro para ela que olhar para as dores com ampliação e sem julgamento é cura, e ela me mostra que é possível abrir a alma para sorrir novamente. Mostro a ela que certo e errado são polaridades que se complementam no caminho da aprendizagem da vida, e ela me mostra que é possível continuar sonhando. Então, juntas, vamos encontrando o riso leve e prazeroso da menina e a coragem e a força da mulher! Vamos construindo a beleza desse momento, de ser jovem enquanto velha e, velha, enquanto jovem.

Aprendi que, quando a relação menina e mulher está com a realidade em ordem, ambas se conectam com a verdadeira essência. Hoje sou todas elas! Assim, posso dizer:

Mãe, amo você dentro de mim, na segurança de ser eu mesma. Filhas, amo vocês dentro de mim, na segurança de que sejam vocês mesmas.

Um bonito encontro de si mesma na relação Mãe e Filha[11].

Contrariar a vontade da mãe, criticá-la ou exigir uma mudança, em geral, é um ato que causa mais dor e peso na filha do que obedecer a suas ânsias e necessidades. Especialmente para a filha que se sente responsável pelo bem-estar da mãe, dizer "não" a ela é uma terrível desobediência que merece uma espécie de "penitência" pessoal. Por exemplo, em busca de cuidar da própria vida com mais confiança e liberdade, depois que uma cliente comunicou para a mãe que não falaria diaria-

• • • • • • • •

11 Texto escrito de maneira compartilhada com a Terapeuta Integrativa Sirlene Berkana, proprietária de @casa.damandala.

mente com ela por não precisar dar satisfação da sua rotina numa cidade grande e distante, mesmo já sendo casada e mãe, ficou debilitada em função do joelho esquerdo, com indicação médica para uma nova cirurgia. Aparentemente, essa filha adulta passou a se punir por se opor aos cuidados "excessivos" da mãe e por deixar de se envolver com as coisas dela.

Tendo consciência do desgaste emocional provocado por essa decisão, apesar de se dispor a ser uma nova mulher, o corpo sentiu o "peso" das consequências desse crescimento em função do medo que é perder para "sempre" o amor materno. Se a filha vê a mãe como frágil, o receio de criar um conflito a impede de assumir uma posição de prioridade com a própria vida. Isso significa que, depois de contrariar a mãe, ao vê-la recuar com sua impotência, em várias situações, se sente uma filha ingrata e cruel.

Eis que começa a desordem *novamente*. Porém, fazer pela mãe com gratidão, sem ter pena dela, é o mesmo que ser cuidada pela vida no próprio caminho. Muitos conflitos entre mãe e filha são convites para a mudança. Vamos começar?

Lembrar o passado sem sentir dor é um processo e somente a filha que "abre mão" das exigências que sempre teve da "mãe" poderá se libertar da necessidade de receber a aprovação materna e, sem apego e críticas com relação aos seus limites, sentirá paz e gratidão por sua origem.

6.
Mães difíceis criam filhas fortes

Na caminhada como Consteladora Familiar, à medida que fui conhecendo as histórias de famílias e vi variadas mulheres com perfis fortes apresentando dores profundas em relação às mães, senti a frase "mães difíceis criam filhas fortes". Neste capítulo, vamos olhar para a verdadeira força da mulher.

Percebi que o padrão das mulheres que escolheram ser fortes na parte boa da vida é o da construção dos projetos pessoais e familiares, dos negócios e bens materiais. São mulheres muito bonitas, inteligentes, competitivas, espiritualizadas e interessadas no desenvolvimento emocional. Já o padrão das mulheres que decidiram ser fortes na parte difícil da vida, carrega as doenças emocionais, físicas e espirituais, vícios, sobrecargas, emergência das coisas, solidão, agressividade, ânsia do "ter que", dificuldade do autocuidado, dependências afetivas, profissionais e financeiras, disfunções hormonais e sentem-se vítimas das histórias difíceis.

Estes dois padrões de mulheres, normalmente, se encontram nas queixas da solidão afetiva, da dificuldade no relacionamento de casal, da responsabilidade por cuidarem de muitas situações e pessoas (principalmente da família de origem), dos conflitos com as filhas (em especial) e apresentam uma dor expressiva na relação com a mãe por sentirem que não puderam se comportar como filhas para atendê-las em suas necessidades, sentindo falta da idealizada "mãe boa" que não tiveram.

Independentemente do padrão de mulheres fortes em que nos vejamos, é possível que, quando visitemos a infância, nós, as filhas, deparemos com o sentimento de abandono de quando quisemos estar com a nossa mãe e ela não estava presente. Então, o que ocorreu na alma nesse momento? Quais sentimentos se apresentam no inconsciente até hoje?

Ocorrências como a mãe se ocupar demais com as próprias coisas são suficientes para gerar alguma desconexão por meio de recuos representados pela frase: "eu me encontro sozinha, já que minha mãe não está disponível para mim". Em casos mais graves, em que a mãe se afasta da família, segue caminhos próprios ou morre ainda na infância da filha, repentinamente nasce o amor interrompido no coração dela ao internalizar a imagem que está ligada à dor do abandono e da rejeição. Consequentemente, essa imagem é a que a acompanha pela vida inteira.

Não é simples guardar registros de uma infância marcada por perdas difíceis, conflitos familiares, ou mesmo por uma educação rígida, com punições e humilhações por parte, especialmente, da mãe. Recebo muitos relatos de mulheres que têm mãe controladora, possessiva e que se coloca como "vítima" diante da realidade difícil de suas histórias. No relato a seguir, é possível observar quando a filha se sente responsável pelas dores da mãe e deseja fazer algo por ela.

"Sofri e ainda sofro muito porque minha mãe ficou viúva quando eu tinha seis anos e viveu em função dos filhos, trabalhando para sustentar a família sozinha e eu, a filha, virei o consolo dela. Fui criada ouvindo que sou tudo o que ela tem e que deveria contar tudo para ela porque é minha melhor amiga. Chegou o ponto de querer ouvir os segredos das minhas amigas.

Proibia-me de tudo com chantagens emocionais, sempre dizendo que só tem a mim. Ameaçou-me várias vezes, dizendo que vai morrer se eu a deixar, mas quanto mais faço por ela, mais ela exige de mim. Sempre inventou doenças (já teve três cânceres imaginários) e, em 2019, o primeiro real. Já fiz terapia e, mesmo assim, sofro com crises de ansiedade, pois tudo fica nas minhas costas. Ela é solitária, já está com 68 anos, e eu sinto culpa por ter uma família".

Nesta situação, tentar "resolver" ou "diminuir" os problemas da mãe é o mesmo que se colocar numa prisão perpétua, pois toda filha que deseja "salvar" a mãe de sua história difícil, tira a dignidade dela por não concordar com o seu destino.

Quando a filha se alimenta das imperfeições da mãe, esvazia seu feminino e não se preenche como mulher, pois desrespeita a ordem de chegada na vida e ocasiona uma das violações mais graves do sistema familiar. O que significa que a mãe sempre será maior que ela, pois chegou primeiro e lhe deu a vida. Para Bert Hellinger, dar a vida é um ato perfeito, mas não necessariamente ser mãe é ser perfeita. As mães são comuns, os descendentes, portanto, também o são. Essa dinâmica possibilita um estado de permissão e se abre para a evolução. Na maior parte dos casos, olhamos para as dores da mãe e priorizamos enxergar seus fracassos, defeitos e falhas. Não reconhecemos os acontecimentos ruins de sua vida como força. A grande verdade é que existe um filtro entre gerações e cada acontecimento ruim na vida da mãe diminui ou até mesmo elimina a força negativa na vida dos descendentes. Só depende de eles reconhecerem a força dessa história e fazerem diferente na própria existência. Por exemplo:

- A mãe que adoece e morre possibilita aos descendentes que fiquem vivos e saudáveis;

- A mãe que adoece com vícios, fanatismos e crenças limitantes possibilita aos descendentes que sejam livres, independentes, autônomos, seguros, confiantes e inteiros para serem eles mesmos;
- A mãe que adoece com apegos, perdas, separações difíceis, controle das coisas e pessoas possibilita aos descendentes que sejam soltos, leves, harmoniosos, calmos, alegres, ativos, abundantes, prósperos, fluidos e abertos ao novo;
- A mãe que adoece com fatalidades, transtornos, jogos de poder e ingratidão possibilita aos descendentes que tenham amor-próprio, sejam adultos, realizados e muito gratos.

Não carregar as dores da mãe por pena ou julgamento é abrir espaço para um novo começo que é, sim, melhor na atualidade, mas não diminui a força ancestral de uma história real. O caminho em direção ao futuro é o mesmo caminho interno em direção ao coração da mãe.

A filha não deixa de amar a mãe ao ser "sobrecarregada" por ela na infância. Deixa de amar a si mesma

Quando regressamos ao tempo em que o trauma aconteceu e, depois, mais atrás ainda, ao tempo antes do trauma, voltamos aos acontecimentos cheios de confiança, como o nascimento ou quando fomos sustentadas e nutridas por nossa mãe. Com as experiências boas que tivemos com ela, abrimos espaço no coração para nos conectarmos com uma infância melhor e com os momentos de maiores cuidados por parte dela.

A presença da filha na vida da mãe em forma de "obrigação" não a cura. Somente a mãe tem esse poder. O mesmo acontece com a filha, pois o caminho que a leva até a cura é se tornar livre como mulher e honrar a mãe na própria felicidade. É preciso ter compaixão pelas histórias difíceis da mãe, abrir o coração para agradecê-la pelos incansáveis esforços e ter a certeza de que não conseguirá livrá-la de seus sofrimentos.

Em muitos casos, as constelações familiares realizam o movimento de reconexão com a mãe, mas, por hora, experimente fechar os olhos e pronunciar a palavra "MAMÃE" e, em seguida, visualizar a mãe se aproximando carinhosamente para atendê-la com amor. Apenas diga: "Obrigada, mamãe!".

A vida está a serviço de tudo que cresce e a grande realidade é que a dor é uma importante força para o crescimento. Todo conflito está a serviço da solução, pois é ele quem olha para a força excluída e a inclui. O ditado que diz "Quem não aprende no amor, aprende na dor", mostra que a vida envia pessoas e situações conflitantes para nos curar. Assim, podemos deixar de olhar para fora e refletir o que somos por dentro. Costumo dizer que as pessoas ou as situações difíceis são as que tiram a gente do lugar, pois acordam em nós uma necessidade de fazer diferente. São elas que "confiam" em nosso poder de mudança, pois as situações fáceis passam a mão na cabeça e nos "acomodam". Por isso, é importante ampliar o olhar e chegar à resposta da sábia pergunta: "O que tenho que aprender com isso?" Quando encontrá-la, vai perceber que já estará diferente, numa nova consciência e postura e, então, agradeça o conflito em sua totalidade e a solução se alegrará.

Nem sempre a filha enxerga o caminho da cura na mãe

"Ela não vai mudar", nos dizem. Então, é preciso parar e encarar a dor de perto e resolvê-la. Em muitas realidades, a mãe é nociva para a filha e não disponibiliza espaço para uma boa relação. Nessa circunstância, a ânsia por uma mudança é grande e, quando a filha constata que a mãe não vai mudar, o sofrimento é como um mendigar sem ação própria.

Não é simples encarar o sofrimento como um serviço da vida, porém assumi-lo é o único movimento que fortalece e resgata a vontade de viver bem. Ninguém vive sem experimentá-lo e a grande verdade é que ele contribui para tornar as pessoas mais humanas e cuidadosas. Porém, a filha que investe toda a sua energia no sofrimento não consegue sair do lugar, muito menos do conflito com a mãe. Somente na relação mãe a filha encontra a sua cura como mulher e segue a vida com gratidão. E você pode me questionar: "Como?". A resposta é simples: "concordando que a mãe não precisa mudar!".

Há, também, o cenário em que a mãe, se muito perfeita, causa à filha tanto sofrimento quanto a mãe imperfeita. O fato é que, diante da perfeição da mãe, a filha fica hipnotizada e não suporta ser diferente dela.

Para a mãe, *dar conta do possível e, até mesmo, do impossível* é o mesmo que garantir que a filha receba o suficiente para não a deixar solitária em seu próprio mundo interior. Para a filha, "tomar" o "impossível" da mãe é o mesmo que não precisar de limite e acreditar que tudo da vida é possível para ela, pois carrega um poder semelhante ao da "Mulher-Maravilha". Desse modo, o grande desafio da filha é viver a realidade sem imaginar cenários e relações idealizadas e suportar a própria insuficiência, sem autocobranças e/ou autocríticas exageradas.

Onde nascem as fantasias da filha? Nos sonhos não realizados da mãe. Em razão disso, muitas filhas se "arrebentam" na atualidade para dar conta do possível e, principalmente, do impossível da vida delas.

Em um dos cursos com Sophie Hellinger, ela relatou que, quando conheceu o trabalho de Bert Hellinger, ligou para ele e ficou "horas" falando da sua dificuldade com a mãe. Após ouvi-la, Bert disse: "o seu caso não tem solução". Sophie confessou que se sentiu incomodada com a única fala dele e, ao mesmo tempo, "provocada" a buscar essa solução em alguma possibilidade. Ela ainda complementou, com um sorriso nos olhos, que "provaria" ao Bert que o caso dela tinha solução sim, a ponto de, mais tarde, se tornar esposa dele.

Sorrimos com um profundo sentimento de alívio e conforto na alma, visto que estávamos todas em busca das nossas possíveis soluções. Ela deixou claro que, independentemente da história difícil com a mãe, a filha tem o dever de agradecê-la pela vida presenteada e tem o direito de viver bem com tudo que lhe faltou. Sophie nos emocionou ao relatar algumas vivências difíceis com a mãe e finalizou a reflexão dizendo que, naquele período, compreendia o motivo que a levou a servir a vida em tantos países num destino diferente da irmã, que foi a filha protegida da mãe.

Nessa fala, senti a confirmação da expressão: "mães difíceis criam filhas fortes", pois a mulher que volta para o lugar de filha, modificando sua postura frente à mãe, com tranquilidade, encontra entusiasmo e energia para ser autêntica, independente e criativa. Ela reconhece que é inútil atravessar uma vida inteira se queixando da mãe e, sem perceber, desejando a sua mudança. Consciente, ela muda a si mesma e renova a alma com um novo estilo de ser de dentro para fora e, também, de fora para dentro, investindo em conquistas inesquecíveis.

É importante reconhecermos que a filha que está perdoando à mãe está acusando-a ao mesmo tempo, pois ela fica por cima com sentimento de superioridade, perde a mãe e a fonte de sua energia feminina. É preciso que a filha agradeça a mãe, seja a perfeita ou a imperfeita, abrindo-se, naturalmente, para a capacidade de ver nela a própria dignidade de ser mulher.

A filha que mora em você está construindo a mulher que deseja. É só se libertar!

Onde nascem as fantasias da filha? Nos sonhos não realizados da mãe. Em razão disso, muitas filhas se "arrebentam" na atualidade para dar conta do possível e, principalmente, do impossível da vida delas.

7. Por trás de uma mãe difícil, existe uma história difícil

Costumo dizer que a mãe que fere a filha guarda muitas feridas no coração e, muitas vezes, não reconhece que age a partir delas. No relato a seguir, compartilho a história de uma filha que olhou para além da dor da mãe e conseguiu enxergar a raiz das suas dificuldades com ela, por meio do amor que cura.

"Minha mãe casou-se aos dezenove anos com o único namorado que teve, o meu pai, e juntos saíram de João Pessoa, na Paraíba, para viverem em São Paulo, onde ele foi trabalhar como engenheiro. Minha mãe não conhecia ninguém em São Paulo e precisou interromper seus estudos para segui-lo como esposa e dona de casa. Meu pai trabalhava o dia inteiro e eu nasci, a mais velha de três filhos, para 'tampar' uma solidão enorme no coração da minha mãe. Recebi o nome dela e sempre tivemos uma relação conflituosa, com muita culpa da minha parte por não ter a gratidão e a devoção que ela tinha pela própria mãe. Com a morte do meu pai, as coisas pioraram entre nós. Os anos se passaram, eu e minha mãe rompemos nossa relação e vivenciei vários abortos, sem entender os reais motivos que me levaram a cada um deles. Hoje, finalmente, consegui compreender que ela me queria como uma mãe. Ela sofreu muito por ter um pai violento e era extremamente apegada à mãe. Tive esse *insight* e percebi o quanto estávamos emaranhadas, pois mamãe viveu enfrentando o próprio pai para proteger as dores da mãe e, ao mesmo tempo, ocupou o lugar dela. Com o meu nascimento, preenchi essa necessidade que ela tinha de ser cuidada, ao exigir de mim que eu fosse uma mãe para ela. Posso estar equivocada na minha percepção, mas quando me dei conta de que nosso amor estava adoecido e de que minha mãe desejava, de modo inconsciente, que eu me sacrificasse para suprir o que lhe faltava, pude modificar a minha postura, desemaranhar nossos laços e permitir que, aos poucos, a nossa relação fosse reconstruída sobre um alicerce seguro: o amor que inclui, toma, ocupa o lugar certo na hierarquia e cura. Hoje, caminhamos juntas, eu pequena, ocupando o meu lugar de filha e, ao mesmo tempo, exercendo o meu papel de mãe, e ela preenchendo grandiosamente o lugar de mãe e de avó da minha filha nascida e dos meus filhos não nascidos."

Quando concordamos com as nossas limitações e aceitamos as "imperfeições" da mãe, crescemos como mulher. Neste capítulo, vamos entender os reflexos na vida real da filha que busca ampliar o olhar para além das insuficiências da mãe e vê a dignidade da sua história com a própria mãe.

Para isso, vamos começar afirmando que nenhuma filha é suficiente para a mãe. Ela se forma como mulher na mãe ao observá-la em suas relações, especialmente consigo mesma. Esse movimento coloca a mãe numa profunda vulnerabilidade, pois o que falta ou excede nela, aparece na filha.

O que mais identifico como a dor da filha na relação com a mãe é o sentimento de "insuficiência" por não conseguir ver a mudança dela. Muitas vezes, a filha se esforça para ajudar a mãe a ser mais feliz e realizada, aceitando pagar um alto preço, porém quando se depara com os "débitos" da mãe e percebe que todos os esforços foram em vão, sente o prejuízo na própria vida. No relato a seguir, é possível ver a dor de uma filha que está convivendo com o destino difícil da mãe.

"Estou num momento de profundo sofrimento e percebo o quanto está difícil sair dele. Ano passado, tentei tirar a minha vida por duas vezes, simplesmente por não aguentar o peso da realidade. Porém, em minha busca espiritual e emocional, conheci a expressão 'tomar a vida' e, imediatamente, descobri que tenho uma vida e decidi não mais acabar com ela. Confesso que já senti vontade até mesmo de 'matar' a minha mãe, pois achava que ela era a causadora de 'todos os meus problemas' e, embora eu ainda sinta raiva da realidade dela (é horrível dizer isso), quando ela era lúcida e saudável, foi a melhor mãe do mundo! Ela me adotou e me amou tanto, mas tanto, que eu fechei com ela a lealdade de uma vida inteira e agora, em sua velhice sem memória, não consigo seguir minha própria vida. Sinto como se tivesse que conviver diariamente com o meu fracasso e a realidade está me cobrando isso. Aos poucos, estou aprendendo a enxergar além da minha mãe".

Despedir-se emocionalmente da mãe exige muito da filha, e a vida a convida para realizar novos caminhos de desenvolvimento em outras tarefas e relações, sempre em direção à própria transformação. Conhecer os motivos que a impedem de seguir a vida sem "culpa" é essencial para a filha que está na dor com a mãe.

A mãe é o começo de toda filha, mas é importante que a filha saiba continuar independentemente da sua vivência dolorosa com a mãe. É fundamental, também, saber aceitar tanto sua história quanto seu destino, agradecendo-a por todo o esforço posto na escolha de dar e manter a vida, apesar dos desafios que existam nessa relação.

De maneira geral, uma mãe dura demais guarda as marcas de não ter sido uma filha desejada. Nem sempre ela foi recebida pelo sonho da maternidade, mas, em muitos casos, pelo desejo da mãe de ter um homem; ou por representar um "erro" – seja por não desejar ter filhos, ou por representar um "peso" – por ela não desejar engravidar naquela fase da vida. Quando a filha reconhece que a mãe não tem amor-próprio, ela não se sente "autorizada" para ser uma mulher reconhecida.

Olhar para uma mãe solitária, que não se valoriza, sem força de vontade, desacreditada, mal-humorada e deixada de lado por ela mesma, não impede a filha de brilhar no palco da vida, mas como continuidade da sua história, experimenta "apagões", ânsias por aplausos e, em algumas situações, necessidade de fechar as cortinas até que tenha um verdadeiro motivo para abri-las novamente.

Perceba que, em algumas situações, a filha sente que não foi desejada pela mãe, o que revela um profundo vazio na alma por não representar o seu amor. Ela tem o coração esmagado pela dor do abandono e percorre relações que reforçam essa solidão. A filha, privada de ter sido a "escolha" consciente da mãe, aprende a experimentar desconfiança e medo das coisas do mundo. Isso acontece por ser dependente de cuidados e acreditar na segurança da mãe, pois sente se ela esteve disponível para atendê-la em suas necessidades ou não. Quanto mais presente a mãe se coloca para a filha, mais ela cresce com liberdade, tranquilidade, segurança e amor-próprio.

Ainda assim, o que fazer com a realidade de não ter sido uma filha desejada? Apesar das consequências, todo nascimento de uma filha expressa o desejo inconsciente da mãe, pois, sem ele, nem a alma e nem o corpo conseguiriam fazer a vida seguir adiante sem se abrir para ela. Apesar do peso de cada realidade, amar a mãe não é uma escolha pessoal, é um sentimento intrínseco que garantiu a sobrevivência.

A mãe vê a filha como a própria mãe a vê

Há um ponto cego relevante para o caminho que leva à cura da mulher, pois nem sempre é fácil concordar com a personalidade da mãe sem exigir que seu ponto de vista como filha seja respeitado e, ao mesmo tempo, assumir que, como mãe, reproduz o olhar dela.

Toda mulher aprende a ser mãe com a própria mãe e, por mais que seja difícil perceber isso na prática, o que fica registrado emocionalmente da mãe para a filha é o que será oferecido nas outras relações. Não é simples concordar com essa dinâmica oculta, e o grande desafio é saber encontrar o equilíbrio emocional e se relacionar bem consigo mesma.

Muitas mulheres, na função filha, não sabem como se relacionar bem com a mãe e, na função mãe, não sabem como se relacionar bem com a filha. Elas duvidam da própria capacidade e valor de suas funções, alegando que o comportamento cheio de ordens da mãe as tornaram desencorajadas para construir uma boa vida.

Porém, é exatamente esse perfil de filha de mãe controladora, autoritária, inflexível, julgadora e crítica que precisa amadurecer e dar o famoso "basta", o limite necessário entre elas, para não se sentir na obrigação de correspondê-la a todo o momento. Mas essa decisão não cabe só às mães duras demais, já que, em outros cenários, as filhas de mães boazinhas, também vão precisar dar limite.

Imagine a seguinte situação: sua mãe foi diagnosticada com uma doença séria, precisa de cuidados específicos e, principalmente, de apoio financeiro. Assim que recebeu o diagnóstico, afirmou: "Filha, agora você vai cuidar de mim, pois eu te dei a vida e você me deve isso". Diante desse fato, qual sentimento surge em você? Sinta no coração e perceba se o sentimento é de mérito ou de impotência, de autoridade ou de raiva, de alívio ou de culpa e, independentemente do que sentir, não faça julgamentos.

Veja se você consegue se comportar apenas como a filha que sabe que vai decepcionar a mãe ao não tomar partido de suas dores, ao não fazer por ela e ao concordar com o destino difícil dela. Uma visualização que ajuda nesses quadros é olhar para a sua mãe e ver os pais dela amparando-a. Sinta-se pequena e diga: "Queridos avós, vocês são os melhores pais para ela. Deixo-a com vocês".

Somente a filha que acredita em si mesma sabe separar o amor e a dor de sua mãe, e somente a mãe que acredita em si mesma sabe que está atrás de sua filha, dando-lhe a força necessária.

O grande desafio de "manifestar" a dor de ser mulher na família é que, calada ou não, por trás das difíceis queixas, exigências ou mesmo do silêncio, muitos segredos das gerações anteriores também são revelados. Sabe aquela "parenta" difícil, tomada de rebeldia, vítima de seus fracassos, que faz tudo de forma contrária aos valores familiares e que bagunça a própria vida e, ao mesmo tempo, a vida de todo mundo?

Pois bem, ela é uma "filha ferida" e coloca para fora as dores das mulheres que não foram vistas no sistema e que foram traídas, abusadas, abandonadas, trocadas, mortas e tantas outras coisas, mas que não receberam um bom lugar no coração da família. Sistemicamente, ela também é responsável pelas consequências de suas escolhas, mas expia histórias que vão além da sua capacidade de compreensão e cura.

No olhar distante de uma filha ferida, encontrei o coração vazio de uma mãe dura e indiferente a ela. Essa filha deixou claro que nunca recebeu carinho materno, lembrando os cenários frios e solitários que a acompanham desde a infância. Sem saber o motivo, sente a mensagem da vida dizendo-lhe: "você nunca foi amada" e, talvez por isso, justifica sua dor no medo enorme de atravessar uma existência inteira sem se casar e ter filhos. Ela se expressa além da ânsia de ser uma mulher insegura e com baixa autoestima, pois ainda carrega o espaço vazio do colo que não recebeu da mãe e o silêncio da falta dos beijos que não abriram caminhos para ela.

Sem o carinho da mãe, a filha não se autoriza, com facilidade, a receber o carinho da vida. É uma questão de aprendizagem, como sugeri a ela, depois de um importante tratamento emocional.

Somente a filha que acredita em si mesma sabe separar o amor e a dor de sua mãe e, somente a mãe que acredita em si mesma, sabe que está atrás de sua filha, dando-lhe a força necessária.

8.
Por trás de uma filha difícil, existe uma mãe que precisa dela

Muitas mães – que como filhas carregam as cargas das próprias mães – transferem o desejo de serem cuidadas pelas filhas e exigem receber delas o que não foi possível de suas mães. Você verá neste capítulo que, de maneira inconsciente, elas precisam de suas filhas. Em contrapartida, essas filhas, também de maneira inconsciente, se sentem na obrigação de carregar algo por elas e sobrecarregam seus dias, tornando-os pesados demais.

Essa dinâmica começou bem antes do que imaginamos e, nesse caminho desafiador que é a relação mãe e filha, o movimento entre as duas recebe a cura quando ambas assumem os seus lugares.

Agora, proponho uma visualização:

> Acesse a versão gravada desta meditação apontando a câmera do seu celular para o QR Code ao lado.

Imagine uma linha de mulheres e veja sua trisavó materna olhando para a sua bisavó materna; em seguida, sua bisavó materna olhando para a sua avó materna, sua avó materna olhando para sua mãe, e sua mãe olhando para você, dizendo: "Filha, eu não tinha visto a sua dor até agora. Eu estava segurando as minhas coisas. Obrigada por ter cuidado de mim, mas agora eu volto para o meu lugar".

E você, representando todas como filha, dizendo: "Mãe, desisto de desejar que você seja diferente e deixo o que é seu com você. Como você é, está bom para mim". Sinta como é receber essas frases vindas da sua mãe e, ao mesmo tempo, como é dizer essas frases como filha. Perceba se é sincero da sua parte. Se sim, é o que importa, pois assumir o seu lugar de filha não depende do movimento da mãe, nem da avó, nem da bisavó, nem da trisavó e outras mais. Sinta cada uma delas e diga: "Eu sou uma de vocês. Obrigada!".

Uma mulher nunca caminha só, pois ela é guiada por suas ancestrais.

A mulher que não respeita suas ancestrais não se cura com elas. Ela sente o direito de excluí-las pela ânsia de fazer diferente, porém não consegue por ser uma mulher indiferente. Bert Hellinger afirma que para resolver um problema é preciso *ver* e só o amor que vê, de maneira clara, consegue reconhecer a origem da dor para, depois, concordar com ela no seu tempo e espaço, sem julgar ou desejar mudá-la.

Dessa reflexão, sugeriu a frase de conclusão: "Eu vejo você e tudo que veio com você". Na concordância da realidade da própria história, nasce a mulher que fica de frente para as dores do passado familiar e das relações atuais, caminhando com passos seguros em direção ao futuro.

A filha que se comporta como mulher transmite o que é e não impõe nada a mais do que necessita, unicamente por confiar no seu potencial. Ao contrário, a filha que se comporta como menina carrega, visivelmente, uma força perigosa por se ver como vítima e sempre necessitar de algo a mais.

Muitas vezes, é comum nos colocarmos como "vítima" nos desafios da vida, pois somos bombardeadas por sentimentos que ameaçam nosso equilíbrio e naturalmente buscamos proteção. Por exemplo, pense em duas caixas, uma identificada como *frágil* e a outra identificada como *forte*. Qual das caixas receberá o melhor tratamento? Claro que é a frágil!

Porém, se trouxermos esse exemplo para nós, essa busca inconsciente por "cuidados" que reforçam a dor, enfraquece o nosso movimento de transformação. Conviver com o medo, com a insegurança, com a incerteza, com a tristeza, com a raiva e com outros sentimentos que insistem em pesar nossos dias exige muito da parte lúcida dos nossos pensamentos e ações, pois é o movimento que nos fortifica.

Absolutamente ninguém é vítima em nenhuma situação, já disse Bert Hellinger. Aprendi que somente o que vivemos tem o poder de nos curar, e a filha que não caminha acompanhada da própria responsabilidade sente-se desprotegida dela. Ocupar o seu lugar na caminhada da vida, gostando ou não dela, é o mesmo que receber uma força que as vítimas não possuem. Receber apoio nos momentos de fragilidade é importante, mas ainda mais importante é a transformação que acontece quando nos tornamos mulheres com todas as consequências.

Há ainda, a possibilidade de que este "se colocar como vítima" seja parte de uma tentativa de fracassar, pois se os pais nos deram a vida, e a vida representa o sucesso, tudo o que se afasta dela é um fracasso.

Todo sucesso nasce da confiança, e a filha que confia em sua origem confia em si mesma e obtém sucesso. O que só acontece quando nos alegramos com a realidade, nos apropriamos do feminino e nos ocupamos da nossa geração. Quando nos afastamos dela, porém, a mensagem que está por trás é: "Queridos pais, o que recebi de vocês não foi o suficiente".

Essa filha revela as "faltas" dos pais nas derrotas dela e é solidária em cada momento em que perde alegria por estar viva. É perceptível que todos pagam um preço alto, pois nenhum pai e nenhuma mãe se fortificam com o enfraquecimento da sua continuidade.

Quando tomamos uma decisão em cima do "não quero", há uma dor por trás dela.

Toda mulher tem o direito de não querer se casar, ter filhos ou formar uma família tradicional. Toda mulher tem o direito de não querer estudar, ser profissional ou "pagar as contas". Do mesmo modo, toda mulher tem o direito de querer ser casada, mãe, independente e de se direcionar ao que a realiza. Isso significa que não há regras para uma mulher ser o que ela quer, mas, em alguns casos, quando ela toma uma decisão em cima do "não quero", em geral, mostra uma dor. É no campo da inconsciência que mora a dor de uma filha que se sobrecarregou com as cargas da mãe.

Imagine a seguinte situação: a mãe ficou viúva muito cedo e, com dificuldade, conseguiu educar os filhos e "manter" o lar com profunda dedicação a eles. Os anos se passaram, os filhos cresceram, e a mãe que se manteve viúva envelheceu.

Como fica a consciência da filha ao decidir "deixar" a mãe na própria solidão para seguir seus propósitos de vida? Como essa filha que nunca viu a mãe se relacionar com um homem aprendeu a se casar? O que é maternidade para a filha que acompanhou o sacrifício da mãe?

Devemos olhar nos olhos da nossa mãe como fizemos na primeira vez, em seu colo, após a "separação" difícil que é o nascimento. Nos (re)conectamos com ela ao sentir o seu abraço, mas foi por meio desse olhar que a reconhecemos na alma e nos entregamos à vida. Só assim continuamos a tomar o que ela tem a oferecer e o movimento de crescer e chegar até aqui, com certeza, foi a decisão mais importante dos nossos olhares. A filha que se abre para o desconhecido da vida carrega toda a força que precisa para caminhar.

Podemos confiar que ela dará conta das próprias cargas, dores e dificuldades, sem que assumamos essa responsabilidade por ela. Deixar com a mãe é saber não ter pena, raiva, medo e intenção. Por exemplo, se ela estiver debilitada, com dor e incômodo, procure em cada gemido, queixa e desânimo, olhar para ela *apenas* como filha e, diante da sua impotência, confie na grandeza da vida.

É comum perder energia com preocupações, estresse, insônia, cansaço e até mesmo dores físicas nos processos difíceis da nossa origem. Mas o essencial é ter a consciência de que, quando nossos pais adoecem, eles armazenam a energia da doença do sistema familiar e nos liberam para a saúde e para a boa vida. A ordem se equilibra quando os maiores seguem o adoecimento e a morte antes dos menores. Então, cabe a nós, filhas, fazer mais uma reverência e confiar no destino deles.

Não é leve olhar para as próprias dores e perceber que nelas, em muitas situações, estão guardadas as histórias difíceis das mulheres da família. Porém, é possível "querer" se curar. Basta dizer: "eu quero!".

Ainda, há o quadro em que a filha avalia as "cargas" da mãe como se fosse capaz de consertá-las e, sem perceber, segue exigente e crítica em suas relações. É comum qualificar a função da mãe, pontuando se ela merece ou não o seu reconhecimento, e desconsiderar a maior força que foi o ato de ter lhe dado a vida. Porém, esse é o princípio do vazio e da sensação constante de que falta algo para encontrar a própria felicidade.

Se a filha se julga melhor que a mãe, por que espera atitudes mais sensatas por parte dela? Essa é a principal postura que a desprotege de ter razão sobre suas observações, pois enquanto fica presa em se queixar da mãe, perde o tempo que poderia ter para fazer a mudança e cuidar de si mesma.

Mas como a filha ferida pode olhar para a mãe sem julgá-la? A resposta é simples e depende somente dela.

Em primeiro lugar, ela precisa fazer terapia para abrir o próprio processo pessoal, aprender a separar o que é da mãe e o que é dela, saber crescer com a parte mais difícil, agradecer a melhor parte e, em seguida, conseguir olhar para a realidade da mãe com concordância e respeitar seus limites, necessidades, vazios, dificuldades e ânsias da alma deixando tudo com ela, ter consciência de que não vai mudá-la, além de aprender a dar limite com responsabilidade e no seu tempo, para que vivencie uma verdadeira compreensão.

Quando a única decisão da filha é julgar a mãe, fica impossibilitada de olhar com confiança para ela, não chega na solução de seus problemas e experimenta situações desfavoráveis por longos anos.

- *Quantas mulheres ainda se sacrificam para ter o amor da mãe?*
- *Quantas mulheres ainda fazem escolhas para agradar a mãe?*
- *Quantas mulheres ainda cuidam das coisas da mãe?*

Quantas mulheres ainda não saíram de casa e não se casaram?

Quantas mulheres ainda não se realizaram nos negócios e não se sustentam?

Quantas mulheres ainda não são mães?

Muitas circunstâncias da vida representam as lealdades sistêmicas e buscar respostas no "acaso" ou nas "justificativas espirituais" (é a vontade de Deus, por exemplo) pode atrasar a sua caminhada. Eu concordo que todo destino é grande e maior que qualquer desejo. No entanto, responsabilizá-lo pela dificuldade de amadurecer e fazer a mudança não resolverá nenhum problema pessoal.

Repito "crescer dói", mas é o único caminho que leva a mulher a habitar o lugar da "filha da mãe dela".

Muitas mulheres me procuram para que eu as ajude emocionalmente, mas não começam o processo terapêutico para visitar as dificuldades antigas que têm com a mãe. Elas trazem as dificuldades com os maridos, problemas para tomar decisões no setor profissional ou financeiro, sentimentos de falta de amor-próprio, isolamento, sexualidade, vazio nas relações, ansiedade etc. O que acontece, em geral, é que, depois de poucas sessões, seja qual for o teor do problema, o olhar se direciona para a mãe.

Da mesma maneira que a criança se volta para a mãe em busca de atenção, a filha adulta anseia pelo olhar da mãe e pela aprovação que ela pode lhe dar. Claro que nenhuma mãe consegue ser sempre presente e atenta à vivência da filha e, em muitos casos, irá retirar sua atenção quando estiver cansada ou mergulhada em suas próprias dores. É fato que algumas mães sofreram de doenças físicas e mentais que prejudicaram sua maternidade. Outras, forçadas a trabalhar fora de casa, não conseguiram encontrar quem as substituísse nos cuidados com os pequenos. Há o caso das mães que foram vítimas da crueldade de seus pais e acumularam abusos que foram descarregados mais tarde nos próprios filhos.

Independentemente dos motivos difíceis da mãe, quando as necessidades básicas da filha não são atendidas: nutrição, educação, abrigo, colo, carinho, proteção, limites e outros mais, o universo dela (representado pela mãe) a decepciona e a pune com frequência. Por isso, cada vez mais, estou convencida de que compreender o que houve entre mãe e filha é uma parte necessária para a cura da mulher.

"Um passo à frente e você já não está mais no mesmo lugar", disse Chico Science.

Da mesma maneira que a criança se volta para a mãe em busca de atenção, a filha adulta anseia pelo olhar da mãe e pela aprovação que ela pode lhe dar.

9.
A filha reflete como um espelho aquilo que não foi resolvido na mãe

Nenhuma flor cresce sem raiz, e na vida de uma mulher não é diferente. Mesmo que ela não conheça a história da mãe e das ancestrais, ainda é por meio delas que tudo avança e que o que não foi visto será revelado.

A filha não precisa buscar histórias e tampouco acreditar em tudo que viu e/ou ouviu da mãe como a verdade do seu coração, pois, como sabemos, a mãe, assim como a filha, são mulheres passíveis de cometer erros. É, porém, ainda pior insistir em acreditar no que outros falaram dela. Uma filha só vai conseguir "ver" a mãe e tudo que veio com ela quando aprender a olhar para si e ser capaz de enxergar o que vai além. Neste capítulo, vamos ver que nenhuma filha conhece a vida da mãe por inteiro, pois tudo que *foi* e tudo que *é* cabe somente à mãe.

Ao olhar para os próprios sentimentos, comportamentos e anseios da alma – de preferência, os mais difíceis –, a filha passa a olhar também para a sua história. Sendo assim, o que não aparece na mãe, a filha mostra, e o que a filha discorda da mãe, a neta mostra. É um movimento simples. Nós as vemos refletidas em nós, em nossas almas, amores, dores e tudo mais.

Para as mulheres que não têm lembranças de suas mães e avós, basta observar as cenas de filmes, séries, livros e as situações mais marcantes de suas vidas para sentirem um pouco de suas histórias. Afinal, toda história é contada a partir de nós e, se não for em nossa geração, será na próxima.

Na escuta terapêutica, percebo a "falta" que as filhas sentem da mãe quando não lhes chegou o acolhimento, o cuidado, o carinho, a dedicação, o apoio e o incentivo materno para crescerem com tranquilidade e segurança. Elas se veem separadas da mãe pelo coração, pois não reconhecem que receberam amor e, para se protegerem, evitam nutrir qualquer sentimento por elas.

Eu sei que é muito difícil para uma filha reconhecer que recebeu o amor da mãe somente pelo fato de ter nascido e estar viva, mas este é um caminho seguro de entendimento que a levará à verdadeira liberdade.

Nessa dinâmica, é preciso ter uma profunda compaixão pela história da mãe, pois o amor frustrado no sentimento da filha, como afirma Sophie Hellinger, "se transforma em rejeição e até em desejos de morte".[12] Entretanto, ao evitar o amor da mãe, a filha evita o amor por seu próprio caminho como mulher e não se apropria da felicidade de estar viva.

Se as lembranças difíceis não pesassem a caminhada com as marcas que ficam na alma, acredito que as filhas não associariam às mães a própria infelicidade. Mas, para isso, é preciso se alegrar com o que recebeu, também com o que não recebeu da mãe. Muitas vezes, essas filhas buscam preencher nas outras relações, inclusive consigo mesmas, o que gerou o desequilíbrio na relação mãe e filha. Basta se lembrar de todas as sensações que isso traz no corpo e nas próprias vivências.

A imagem da mãe para a filha é a mesma que reflete nela e nas outras mulheres. Ao fazer essa afirmativa, ela referiu-se

• • • • • • • • •

12 Trecho da obra *A própria felicidade*, p. 137.

aos sentimentos que têm força. A questão que fica é: para onde olham os sentimentos difíceis? Eles olham para o que ficou parado no passado. E para onde olham os sentimentos bons? Eles olham para o que segue em direção ao futuro. Ao olhar para as outras mulheres com respeito e alegria, a mulher reconhece a força da sua linhagem de mulheres ancestrais. É só a partir da origem que o amor permanece enquanto cresce. As mulheres se transformam e se curam entre si, e todo esse caminho começa no coração da mãe.

Há também de se saber que muitas vezes a filha é um desafio para a mãe, assim como a mãe pode parecer para a filha, pois ela é a parte da mãe que representa o feminino e traz na alma, nas emoções, nos gestos, nos pensamentos e nos comportamentos tudo que aprendeu com ela nos primeiros anos de vida. Toda filha aprende a ser mulher com a mãe, fazendo igual ou diferente dela. Por isso, leva à mãe os seus conteúdos positivos e negativos em forma de repetição de padrão e, especialmente, o que faltou em forma de cobranças. Não é simples ser mãe de uma menina, basta recordar a infância e a juventude e reconhecer o peso de suas necessidades, exigências, críticas, censuras e dos vários distanciamentos com relação à própria mãe.

Quero convidá-la para encontrar, na prática, os sentimentos que ainda pesam a relação com a sua mãe e dificultam a sua realidade como mulher. É essencial que você faça o exercício com abertura para tomar consciência da sua dor e obter o novo olhar.

1. Em quais momentos você desejou que a sua mãe fosse diferente?

   _____
   _____
   _____
   _____
   _____

2. Quais mudanças você esperou que a sua mãe fizesse?

   _____
   _____
   _____
   _____
   _____

3. Quais foram os pedidos que a sua mãe nunca conseguiu realizar?

   _____
   _____
   _____
   _____
   _____

4. Se a sua história com a sua mãe fosse exatamente como você sonhou, como estaria a sua vida hoje?

_____
_____
_____
_____

Ao responder essas perguntas, você verá que em alguma situação a filha é um desafio para a mãe. Apesar dos diferentes perfis de mulheres, confesso que desconheço a existência de uma filha que não carregue uma crítica ou uma exigência com relação à mãe. Porém, a mãe dá à filha aquilo que ela própria é e, mesmo que pareça pouco, dar a vida e deixá-la crescer é o seu maior gesto de doação.

Mas, nos extremos entre mãe e filha, as consequências dessa relação são desastrosas, pois tanto a mãe que se ausenta quanto a mãe que a superprotege alimenta-se da energia da filha por não estar "ligada" com o que ela realmente sente.

Em qualquer idade, a filha anseia pelo olhar da mãe e luta por seus cuidados. Na fase adulta, porém, deve adquirir a consciência de que nem sempre esse olhar garantiu-lhe bem-estar.

Quando a mãe reconhece os próprios vazios e consegue reagir a eles, é capaz de sintonizar com os sentimentos e compreender as reais necessidades da filha, sem fazer projeções. Por exemplo, imagine uma criança engatinhando para longe da mãe, em direção aos brinquedos, e sempre olhando para trás a fim de confirmar que ela continua lá. Ao mesmo tempo que busca o olhar de proteção da mãe, ela também deseja aprovação para seguir com a aventura. No reforço positivo da mãe "Filha, você conseguiu encontrar os seus brinquedos, que legal!", a criança se permite sentir livre e protegida. No reforço negativo "Filha, se você se afastar de mim, nunca mais vai brincar!", a filha entende que a tentativa de fazer por si mesma é uma escolha ruim e não sente o seu desejo validado.

Conforme cresce, a criança vai abandonando a necessidade de ser o centro das atenções da mãe e segue por ela mesma. Contudo, afirma Bassoff

> quando a mãe exige que sua filha a espelhe, em vez de ela servir como espelho para a criança, é alguém que foi ela mesma destituída de sua própria vitalidade. É uma mulher ferida que precisa de cura e resgate. Sua filhinha, que a ama mais do que a própria vida, apenas quer fazê-la sentir-se bem. Mas como é pequena, e relativamente impotente e desprotegida, a filha não pode – por mais que tente – consertar a vida de sua mãe. (1994, p. 38).

No relato de uma cliente, percebi nitidamente essa realidade: "Quando eu era pequena, negava a comida que minha mãe me oferecia e que hoje sei que eu estava rejeitando todo o medo e ansiedade com que ela me alimentava".

Muitas vezes, a mãe que carrega a alma faminta se alimenta da filha para preencher o próprio vazio e a relação que insistimos em ter com ela está ligada aos nossos anseios de ter tido uma infância protegida por seus cuidados, em que fomos nutridas e atendidas a tempo, recebemos colo, fomos "especiais", como sua "princesinha", em que tivemos a sensação de ter a própria vida abrigada.

Quando as lembranças dessa infância não acalmam o coração, a filha ferida procura por momentos que "disfarçam" seu vazio, como, por exemplo, busca insistentemente por alguém que no fundo só se importe com ela e que, pelo menos uma vez na vida, a coloque em primeiro lugar.

Em geral, a filha ferida deseja *ter* ou *ser* em sua vida atual o que sente que nunca teve ou foi para a mãe. Quem sabe fique congelada por anos na solidão, camuflando as necessidades em suas diversas resistências e prejudicando a si mesma para um dia conseguir a atenção da mãe em busca do amor perdido?

Por isso, sempre digo que a filha decepcionada pela mãe, ferida, zangada e cheia de acusações mostra o amor por ela em suas próprias dores.

Em qualquer idade, a filha anseia pelo olhar da mãe e luta por seus cuidados. Na fase adulta, porém, deve adquirir a consciência de que nem sempre esse olhar garantiu-lhe bem-estar.

10. Muito amor é medo de ser deixada

Quando amamos demais, indiretamente dizemos: "Por favor, não me deixe!". Ao contrário do que parece, esse amor é vazio e guarda uma perigosa *intenção* sobre a outra pessoa. Sem perceber, aquela que ama muito não consegue ficar só, pois acha a própria companhia insuportável e acaba precisando de outra.

A sensação é de não ser importante na relação, sentir-se rejeitada e humilhada constantemente e, especialmente, de viver uma prisão. Neste capítulo, vamos constatar que muito amor empurra a pessoa amada para fora da relação e, ao mesmo tempo, reforça a dor do abandono.

O que acontece quando apertamos fortemente um frasco de creme? Todo o conteúdo transborda, certo? Assim acontece com as relações sufocadas por um amor que está longe de ser real, pois tudo começa no amor-próprio.

Aprender a gostar da própria companhia e não ter medo de conviver consigo mesma é o movimento mais saudável para amar o outro. Para Bert Hellinger, "o amor é, em primeiro e em último lugar, uma necessidade". (2014, p.127).

O fracasso, inclusive em relacionamentos ou na tentativa ou falta de amar a si mesma, esconde, geralmente, um movimento que foi interrompido precocemente e que, quando criança, a filha não pôde continuar. Nesse caso, a sensação de perda protege a criança da dor do amor, pois o movimento em direção à mãe, e muitas vezes ao pai, permanece interrompido na alma dela e, a cada sentimento de fracasso, a experiência é repetida, mas não solucionada. O amor e a dor se unem nesse momento.

A frase libertadora para a filha que se sente fracassada é: "por favor", pois apenas com esse movimento a força é incluída, o amor dos pais é reconhecido e a dor do abandono se acalma. Com certeza, existem livramentos disfarçados de fracassos, porém é no sucesso que honramos a nossa origem e crescemos com a nossa história. Caso perceba que o que ficou no passado abriu espaço para algo maior, faça uma reverência aos seus familiares e agradeça com sinceridade aquela situação difícil. Só assim o sucesso se alegra.

Antes eu do que você, mãe!

Na expressão "antes eu do que você", a filha não suporta imaginar a possibilidade de a mãe vivenciar uma experiência dolorosa, adoecer ou morrer. Ela se disponibiliza a fazer pela mãe, fica a serviço de suas dificuldades e corre o risco de prejudicar a si mesma. É capaz de reproduzir cenários destrutivos e sente que só vai "prestar" para a mãe se antecipar seus problemas.

A filha se abre para a lealdade cega de se sacrificar pelo amor da mãe e se desestrutura ainda muito jovem em suas relações. Esse amor é como uma arma que serve para combater a dor familiar, mas aumenta o sofrimento de todos.

Eu por você, mãe!

Na expressão "eu por você", se a mãe foi uma pessoa difícil, controladora, manipuladora, possessiva, incapaz de amar e de se fazer presente, a filha a "representa" sendo uma mulher pela metade. Em alguns casos, ela tenta ensinar a mãe como ser uma mulher forte e disposta; em outros, a julga incapaz de conseguir e "faz" por ela, tomando o seu lugar e, na maioria das vezes, repete o padrão emocional adoecido da mãe.

Essa lealdade de "fazer" pela mãe não significa que a filha dá algo a ela, mas que serve à vida tentando fazer diferente dela que, em sua opinião, não conseguiu servir a si mesma e muito menos à família. O grande conflito é que a filha pode repetir relações com as mesmas carências, sem enxergar que são "armadilhas" compulsivas por ficar contra a mãe. Por esse motivo, carregar as histórias difíceis da mãe e "tentar" continuar a caminhada sem tê-la presente no coração é o mesmo que não estar pronta para estar livre para o próprio caminho.

A filha é a "misturinha" certa do pai e da mãe, mas é importante lembrar que metade dela é 100% o pai (espermatozoide) e a outra metade é 100% a mãe (óvulo). Ao rejeitar uma de suas metades, a filha segue sem a força completa da sua origem e, inconscientemente, busca amar nas relações somente porque se sente amada e não movimenta o amor maduro que é ser amada porque ama. Isso é, literalmente, viver a vida pela metade. O amor não está. O amor é!

Eu sigo você, mãe!

Na expressão "eu sigo você", a filha fica a serviço de tudo que chegou da mãe e reproduz sentimentos, comportamentos e, muitas vezes, cenários do passado em sua realidade. É um movimento perigoso, já que ela se apropria de pesos que não precisa carregar e se aprisiona como a mãe. Nessa ocasião, a filha sente muita pena da mãe, que só alivia quando chega ao "eu também" da própria vivência, esperando dela um olhar especial. Por exemplo, a filha fracassa no casamento, assim como um dia a mãe fracassou, olha nos olhos dela e diz: "eu também não tive um bom marido, mãe" e, então, avança aliviada por fazer igual à mãe, nem melhor nem pior.

Muitas causas de adoecimentos, fracassos, perdas, mortes e despedidas difíceis estão ancoradas na necessidade que a filha tem de seguir a dor da mãe para receber o seu amor "legítimo", do qual não abre mão, independentemente do preço que vai pagar como mulher. Em razão disso, repetir o padrão de dor da mãe é um sacrifício desnecessário por parte da filha, que só se vincula a um amor cada vez mais doente.

A mãe é aquela que amou primeiro, pois quando deu vida à filha, internamente expressou: "Não vejo apenas você. Vejo o rosto de Deus em você!". Exatamente, por causa disso, a filha não precisa desconfiar ou colocar à prova esse amor. Em algumas histórias, faltou o amor da mãe por si mesma e, por consequência, pelos cuidados com a filha. Na falta desse amor, ela carrega uma criança sacrificada dentro dela, já que procura pelo amor da própria mãe.

Não há problema em seguir a mãe na parte boa da vida, como mulher, esposa, mãe, profissional ou em outros setores que ela se realizou. Mas somente permaneça no lugar de filha, assuma a liberdade da sua geração, aprenda a viver com maior espaço para mudanças e vai fazendo por você com autonomia e sem culpa. Em qualquer idade, a filha anseia por seu amor original, porém é na fase adulta que ela consegue reconhecer que tem o suficiente da vida.

A vida só ensina a quem quer aprender. Aos demais, ela doma

Ser elogiada pela mãe não é um problema, mas viver dos elogios dela sim. Especialmente para a filha que não consegue ser livre de sua opinião. Quando a mãe coloca em palavras o que vê na filha, também mostra o que tem de melhor ou pior em si mesma. Por isso, a filha precisa separar o que é da mãe sobre a própria vida e o que é da mãe sobre a vida dela. Se ficar presa no olhar da mãe, sente que toda a sua força vem dela e se satisfaz, exclusivamente, do que ela diz: "você é capaz", "você é corajosa", "você é cuidadosa", "você é forte", "você é amorosa", "você é determinada", "você é bonita", "você é inteligente" etc., mas também de todas as suas ânsias e necessidades.

Mais desperta, a filha não corre o risco de se misturar à opinião, boa ou ruim, da mãe. Apenas ama a mãe e *não* o que ela traz sobre ela. Assim, mesmo que a filha sinta que nunca foi reconhecida pela mãe, não ficará presa na ideia de que não dará certo como mulher.

Em algumas situações, se pergunte: "amo minha mãe ou amo o que ela vê em mim"?

Uma resposta que só chega à compreensão na fase adulta, pois é nela que a filha consegue se libertar de ser o centro do amor da mãe para se sentir bem na vida. E poder vencer as insuficiências da mãe e decidir amá-la em sua realidade, não mais como gostaria que ela fosse, é o segredo da boa relação com a mãe: dar-lhe o direito de ser ela mesma (também) com tudo que "tomou" ou não da mãe dela. É por essa verdade, que você não precisa se lembrar da sua mãe com tanto sofrimento.

Tudo começa quando a mãe fica viva na parte interna da filha e segue presente por meio dela, a qual se abre confiante para a força do amor. Esse movimento acontece naturalmente no elo "mãe e filha" que, uma vez amada, nunca deixa de se amar. É claro que, se a filha pudesse escolher, com certeza escolheria uma mãe provedora de cuidados que lhe desse tudo que precisa e deseja. Em outras palavras, a filha deseja ser capaz de amar a mãe pelo simples fato de se sentir amada, cuidada e reconhecida por ela e, em função disso, é praticamente impossível abrir mão do amor dela completamente, pois mesmo quando ele foi interrompido, a conexão permanece. Ainda que a filha tenha se afastado da mãe, segue procurando por ela, afinal nasceu dela, provavelmente foi criada por ela e deseja o vínculo.

Certa vez, fiz o atendimento de uma filha que carregava uma profunda dor com relação à mãe: sentia já ter feito de tudo para receber reconhecimento, mas se via "culpada" ou "confusa" por não corresponder às expectativas dela. Faltava para essa filha a compreensão do "porquê" seus avanços nunca eram suficientes.

Na sociedade, ela é reconhecida pelos significativos avanços profissionais, ganhos financeiros, méritos públicos, bons relacionamentos etc. Mas não pela mãe. O fato é que, quando ela não se sente reconhecida pela mãe, faz o "impossível" para agradá-la, é obediente, disponível e fica vulnerável às suas reprovações: "você precisa ser melhor", "você não faz nada direito", "você nunca vai conseguir", "você tem que seguir o exemplo da sua irmã", "você só será aceita se for magra", "não passa de sua obrigação", "se tivesse me ouvido, estaria ainda melhor", "essa aprovação não garante muita coisa", "você ainda não é boa o suficiente" etc.

Infelizmente, a filha que passa por essa situação enfrenta uma percepção de amor-próprio comprometida e sente dificuldade em encontrar o seu valor pessoal.

Mulheres bem-sucedidas também temem perder o amor da mãe

Algumas mulheres me impressionam pela força de suas conquistas, mas as dificuldades delas como filhas me mostram que até as mais realizadas e seguras se veem frágeis quando o assunto, também, é "deixar" a mãe em seu destino. Apesar do conceito, a expressão *deixar*, na visão sistêmica, não se refere à falta de afeição e agradecimento por parte da filha, mas sim, ao movimento de individualização. Mãe e filha que estão adequadamente em seus lugares, cada uma em sua geração, demonstram se relacionar com mais respeito, carinho e compreensão do que aquelas excessivamente dependentes uma da outra.

As relações entre mães e filhas "dependentes" ficam presas "uma dentro da outra" e não se sentem livres. Como disse Bassoff,[13] "deveriam temer muito mais o excessivo apego à mãe, do que o excessivo afastamento". Já as relações entre mães e filhas "independentes", ou seja, de duas mulheres adultas, desenvolvem um afeto "lado a lado". Por exemplo, percebo que, quando a filha não se vê ameaçada pelo controle da mãe, e que, quando a mãe não se vê julgada pelo olhar crítico da filha, elas conseguem ter uma relação mais aberta, sem rodeios e verdadeiramente sincera.

A filha procura nos ensinamentos da mãe o caminho seguro para seus passos e, ao encontrá-los na essência, cria a energia positiva do alegrar-se com a realidade e do ir para a vida. Isso significa que, numa relação comum, mãe e filha são íntimas e próximas, mas uma não prejudica a individualidade da outra. Elas são livres para seguir seus próprios destinos.

• • • • • • • • •

13 (1990, p. 249).

Num encontro entre mulheres, perguntei, por qual razão mãe e filha gritam quando se sentem chateadas? Então, uma delas respondeu:

– Gritam quando perdem a calma e se infantilizam uma com a outra.

Mas continuei a investigação e questionei, por qual razão elas gritam se estão uma ao lado da outra? Prontamente, uma das participantes disse:

– Elas gritam para serem ouvidas, pois sentem que uma não reconhece a dor da outra.

Ainda assim, trouxe-lhes uma nova pergunta: "Então, não é possível que elas falem em voz baixa?".

Apesar das inúmeras contribuições, muitas delas com base na visão sistêmica de Bert Hellinger, senti de trazer-lhes um ensinamento precioso de um pensador indiano que gosto muito. Aprendi com os pensamentos de Mahatma Gandhi que, quando duas pessoas estão chateadas uma com a outra, seus corações se afastam muito. Na busca para diminuir essa distância, gritam para escutar-se ao mesmo tempo.

Ao contrário, por exemplo, quando mãe e filha estão em harmonia uma com a outra, falam suavemente porque seus corações estão muito próximos. A distância entre elas é pequena e, em algumas situações, se entendem apenas pelo olhar. Seus corações se reconhecem e batem num ritmo comum ao movimento do amor. Logo, conclui: "Quando se chatearem com sua mãe, não deixem que seus corações se afastem com palavras e gestos que agravem a relação, pois dependendo do tamanho da distância, fica cada vez mais difícil encontrar o caminho de volta".

Por isso, concordo que o processo do amadurecimento é muito mais sobre olhar para suas feridas do que olhar para quem o feriu.

A filha procura nos
ensinamentos da mãe
o caminho seguro
para seus passos e, ao
encontrá-los na essência,
cria a energia positiva
do alegrar-se com a
realidade e do ir
para a vida.

11.
A filha precisa diferenciar-se da mãe: a relação pai e filha

Após a longa temporada que a filha passa na esfera energética da mãe, mais ou menos na pré-puberdade, ela segue em direção ao pai e, em geral, permanece muito mais tempo do que podemos imaginar.

Mesmo que o pai não esteja presente como marido na vida da mãe, nem mesmo presente como pai, a filha busca a imagem dele de outras formas. Atenta, observa como a mãe se relaciona com ele, seja direta ou indiretamente (pelo coração), pois toda opinião da mãe e, especialmente, os sentimentos por ele são informações importantes para a imagem que a filha constrói do pai. Ela ainda observa a maneira como seus avós, tios e irmãos mais velhos se relacionam com seu pai, também colecionando opiniões e, especialmente, sentimentos sobre ele.

É muito difícil a filha "negar" o que ouviu do pai por meio de seus familiares e não dar ouvidos para essas falas soltas. Você deve estar se perguntando: "E o que a filha vê diretamente do pai, não importa?". Claro que importa! Basta saber se ela consegue filtrar tudo que viu e ouviu sobre ele e ficar somente com a parte boa que conhece do pai.

Na prática, *a filha faz por fidelidade ao pai aquilo que a mãe despreza nele* e, então, passa a se parecer com ele no movimento de integrar o que a mãe exclui. Essa dinâmica mostra a dificuldade que a filha tem de voltar para a esfera energética da mãe com confiança e se tornar uma mulher com o feminino forte.

Assim, não é coincidência quando a filha se parece com o pai, tem marido ou filhos que se pareçam com ele, líder (ou liderados) que o represente em seu padrão emocional e comportamental, pois busca a imagem real do pai por sentir sua falta.

A mãe tem três forças a mais que o pai na vida da filha: a força de engravidar, a força de deixá-la nascer e, mais tarde, a força de apresentá-la ao pai. Nessa ordem, quando a mãe consegue vivenciar todas essas forças com a filha, naturalmente, atravessa o "ser mãe" com mais originalidade e serve à vida honrando seus ciclos.

Porém, o destino da mulher é mais "pesado" que o destino do homem, exatamente por ela representar essas forças para a vida. Sendo assim, força e responsabilidade têm o mesmo significado. O grande desafio para a mulher é que, quando ela separa a filha do pai, retira-lhe seu futuro. Isso independe de se ela é a mãe, a avó, a tia, a madrasta etc. E o que isso significa?

Na visão sistêmica, tomar a força do pai e senti-la presente no coração é o mesmo que ter uma boa relação com o outro, com o mundo, com o progresso, com os estudos, com os negócios, com os desafios, com os propósitos, com as viagens e com tudo mais que exige coragem para ser completa. A filha segue em direção ao futuro e consegue ter uma vida de "gente grande", confiando no movimento que foi, simbolicamente, representado pelo pai: o espermatozoide avançou em direção ao óvulo até conseguir "fazer a vida seguir adiante".

Se o pai foi uma pessoa covarde, dura, incapaz de amar e de se fazer presente, ou foi uma pessoa doente, viciada etc., a filha o "representa" tentando ensiná-lo a ser forte e saudável ou julgando-o incapaz de conquistar algo na vida e "faz" por ele, tomando o seu lugar. Esse movimento de "fazer por ele", reforço, não significa dar algo a ele, mas fazer na própria realidade o que ele nunca realizou. Algumas mulheres, no entanto, carregaram ódio do pai em função do passado, mas hoje conseguem olhar para além das dores que as consumiram por anos e as impediram de ser satisfeitas com a atualidade.

Uma cliente me disse: "Para minha surpresa, fui promovida novamente na empresa. Poxa, já me sentia tão bem-sucedida e cada dia que passa, me sinto mais leve. Parece que as coisas estão se encaixando, como se fossem um 'cubo mágico' e, do nada, tudo está ganhando ordem. Sinto novos ventos trazendo energias boas e não imaginava que me libertar dos sentimentos ruins que sentia por meu pai mudaria tanto o meu olhar para a vida e para as atrações". Note que essa filha não esperou que o pai fizesse a mudança. Ela mudou e ganhou um pai.

Ou seja, quando a filha fica contra o pai, não consegue ficar inteira na vida. O desejo inconsciente de corrigir o que deu errado na infância aparece quando ela aguarda uma segunda chance de ser amada numa relação complicada, assim como ela deseja que o pai também tenha uma segunda chance para amá-la e ser uma boa pessoa.

O problema é que a filha pode repetir relações com as mesmas carências da infância, em busca de refazê-las, sem enxergar que são "armadilhas" por ficar contra o pai. Já dizia Viortst (1988), "quem amamos e como amamos são reprises inconscientes, porém de experiências anteriores, mesmo quando essas reprises nos causam dor. (...) Iremos repetir as mesmas velhas tragédias de sempre, a menos que a percepção conscientizada possa interferir".

O pai é o primeiro outro que encontramos fora do ventre da nossa mãe, é a primeira pessoa que dividimos o amor dela, é o nosso primeiro contato com o mundo e com o crescimento e a permanência de tudo que se desenvolveu em nós. Por isso, negá-lo é o mesmo que negar nossos progressos, êxitos e realizações, experimentando a falta de propósito na vida. Carregar as histórias difíceis do pai e "tentar" progredir sem tê-lo vivo dentro de nós é como não estar pronta para amar alguém, nem mesmo a si mesma, de maneira livre e generosa.

Nós, filhas, temos pai. Nós somos, também, o nosso pai, seguindo a decisão de ficarmos vivas, confiantes em nossos passos. Mesmo que esse caminho seja um desafio para o coração, não desista de ter um pai, pois é possível aprender a olhar para ele com amor.

Na expressão "com a força do pai, a filha faz o suficiente com a vida", refiro-me ao movimento de tomar o pai ao reconhecer a história dele e ter profunda gratidão por ter vindo dessa história. Pelo contrário, negar o pai e tudo que veio com ele é enfraquecer o nosso potencial de progressão e enferrujar as possibilidades.

Convido você para fazer um exercício prático, respondendo às seguintes perguntas:

1. O que chegou do meu pai para mim?

_____
_____
_____
_____
_____

2. O que levo do meu pai para o mundo?

_____
_____
_____
_____

Se suas respostas se resumem a uma lista de queixas, perceba o quanto está desperdiçando suas capacidades e deixando de avançar no que realmente deseja. Sem pai, não há futuro. A lógica dessa expressão está exatamente no que o homem representa para a evolução: o masculino potencializa o feminino e a vida se movimenta. Deste lugar, com o pai presente no coração, a filha cresce, transforma, multiplica e "permanece" em seus triunfos.

A filha que não consegue amar o pai dependente químico, muitas vezes, carrega um significativo desânimo por seus projetos, pois, para ela, eles também não têm força.

Como seguir adiante se a fonte que sustenta os seus passos está tão fraca?

O pai que apresenta dependência busca encontrar o próprio pai no coração, pois, por lealdade ao sistema familiar, carrega dores adormecidas de histórias transgeracionais e se "anestesia" para continuar vivo. Esse pai sobrevive em cenários desordenados e, a cada processo de dor revelado, vai trazendo segredos que demonstram necessidade de serem incluídos na família.

Pode parecer estranho, mas essa realidade também possibilita que ele autorize a filha a desenvolver seus planejamentos com a força da permanência, pois essa força é essencial para a prosperidade dela. Por isso, digo: você pode amar o seu pai difícil, afinal é o seu pai, apenas aprenda a olhar para as escolhas dele sem se envolver, não assuma o papel da "salvadora" e jamais se sinta culpada por não conseguir tirá-lo de um buraco que só ele pode sair.

Quando eu vejo os olhos das minhas clientes que choram por seus pais dependentes, eu os encontro dizendo: "Filha, siga confiante em direção ao futuro e faça o seu caminho ser diferente do meu, pois estou vivo dentro de você. O que você pode fazer de bom por mim é cuidar dos seus propósitos". Assim, as filhas podem dizer: "Querido pai, eu não posso te dar o que os seus pais não te deram e nem o que a minha mãe não te deu. Mas eu posso te amar e te respeitar como filha. Obrigada, você é o meu primeiro contato com o mundo!".

E mesmo que seja necessário soltar o pai no destino difícil dele para fazer diferente, você não encontrará uma solução se não concordar com a dependência dele, sem lamentação. É um passo difícil, mas o contrário é ainda pior. Você perceberá que, quando começar a caminhar com coragem, o caminho vai aparecer e, então, atrás de você estarão o seu pai e a sua mãe lhe dando força.

Amar o pai não é uma opção

O amor do pai segue adiante na vida da filha, independentemente do teor da história, pois a vida também chegou por meio dele.

Ficar viva e crescer com bons resultados significa "amar" o pai em si mesma. Isto é, quando a filha se cuida, se valoriza e se desenvolve para um bom futuro, ela ama o seu pai. Já ter um pai é uma decisão da filha que reflete em toda a sua trajetória, uma vez que rejeitá-lo não apaga a dor da infância, muito menos dá força para a atualidade. Em situações difíceis, aprenda a deixar com o seu pai o que a ele pertence e a colocar o limite necessário entre vocês. Esse é o maior desafio de uma filha, aprender a se proteger do pai com respeito, no lugar de ser protegida por ele.

Quando o pai rejeita a filha e ela não o julga por isso, ele segura toda a dor sozinho e paga um preço alto. Afinal, ser pai é fazer um compromisso diretamente com a vida. Assim, ele se responsabiliza e permite o crescimento da filha. Na quebra do contrato, a vida lhe oferece o equilíbrio das trocas e, em geral, a filha testemunha a realidade difícil do pai. Essa dificuldade não é uma vingança da vida, menos ainda da filha, mas a consequência do não crescimento pessoal.

O pai também é filho e guarda inúmeras questões emocionais com os próprios pais que a filha só terá condição de compreender na maturidade. A partir do reconhecimento da sua história, o pai pode receber um bom lugar no coração dela.

E, nas palavras de Sophie Hellinger,[14] "para ganhar autoconfiança, a filha deve primeiro aprender a amar o pai". Ela pode começar dizendo: "Pai, amo você dentro de mim nos meus maiores progressos. Obrigada por ter me dado a vida!".

Em casos de excessivo sofrimento com relação ao pai, a filha só consegue incluir a força dele no coração depois que se tratar psicologicamente, amadurecer o emocional e encontrar a própria independência.

• • • • • • • • • • •

14 Reflexão da aula de conclusão da Pós-Graduação em Familienstellen no Brasil, no dia 20/06/21.

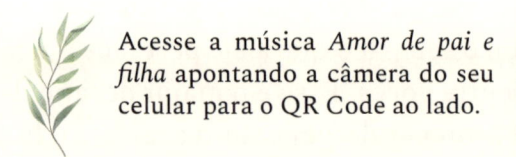

Acesse a música *Amor de pai e filha* apontando a câmera do seu celular para o QR Code ao lado.

Quando li a frase "por trás de uma mulher que sonha conhecer o mundo, há uma filha procurando seu pai", confesso que me senti "incomodada" por amar viagens e sempre me alegrar com outras culturas, costumes e com tudo que é novo para mim. Então, me questionei: "O que estou buscando nessas viagens?". E percebi que busco o conhecimento do novo, do diferente, do agradável, do inesperado, do espontâneo, do prazer e de tudo que me alegra e satisfaz. Imediatamente, senti a força do meu pai no coração, pois me alegro com a realidade, tanto na rotina quanto nas viagens.

O conflito surge quando a "permanência" de um crescimento interno ou o amadurecimento não acontece em nenhuma relação, em nenhum lugar ou em nenhum tempo da vida. Neste caso, a filha que não tem o pai presente no coração não é constante em nada na própria vida e absolutamente NADA vai para frente.

Então, senti a frase como um convite para as filhas que vivem viajando ou mudando de cidade ou de casa, *mas* que não se sentem alegres com a própria realidade. Sem saber, elas buscam o pai de forma inconsciente por sentirem que falta uma força que as movam para o horizonte. Isso acontece porque, em várias histórias difíceis, os homens são negligenciados e/ou dispensados.

Aqui a questão não é viajar ou desejar conhecer o mundo, afinal tudo isso é pai. Elas podem viajar muito, trocar de cidade e renovar os projetos, mas não por sentirem insatisfação pela vida e pelo que faz crescer a partir dela. Mas por saberem que muitos dos lugares que elas visitam ou vão visitar fazem parte da história de seus ancestrais. Em várias histórias familiares, os homens não aparecem no coração das mulheres e se tornam desnecessários em suas funções. As filhas, com um pai assim, buscam situações difíceis que também foram difíceis para ele, por sentirem que falta uma força especial que as façam valer a pena.

Neste lugar, elas se veem solitárias, sem propósito, sem coragem para começar novos projetos e impotentes para as práticas atuais. Além disso, não conseguem confiar em ninguém e, à medida que vão envelhecendo, se veem cada vez mais frias, críticas, racionais e sem sonhos. Para encontrar a força de ir para o mundo, é preciso *ver o pai* como ele é, sem resistência, julgamento e exigência.

Nos relatos das filhas que têm dificuldades com o pai, vejo claramente que a comunicação é uma das armas mais nocivas da relação. As palavras do pai movimentam uma força no coração delas que as tocam profundamente, fazendo um efeito que pode ser bom ou destruidor. Percebo, ainda, que o silêncio decepciona, causa ansiedade e as fazem sentir desprotegidas. Por exemplo, em situações de agressividade, o pai usa um repertório nocivo com a filha que, em muitas situações, a faz sentir culpa por ter nascido. A dor do pai é expressa em frases como: "você é como a sua mãe", "você só me cobra", "esqueça que eu existo", "você nunca vai conseguir", "nem eu e nem mais ninguém te aguenta", "o que vem de você não importa", "eu não quis ter filhos" e outras que têm um peso especial.

É daí que o pai lança palavras que não só serão ouvidas pela filha, mas também vistas conforme suas expressões, olhares e gestos.

O grande desafio da filha é saber não internalizar o adoecimento do pai e conseguir olhar com compaixão para além dele, tomando o cuidado de permanecer no lugar de pequena. Um benefício da vida adulta é a capacidade de enxergar o pai real, sem a ilusão de que um dia ele foi um grande herói ou um temível bandido, mas humano, comum, imperfeito e falível, com limites que somente ele pode recuperar.

Quando a filha chega nessa consciência, deixa de viver contínuas decepções, liberta o pai de suas expectativas e, mais leve, se abre para um aproveitamento maior. Se o pai permanece infantil, a filha não inverte os papéis se tornando uma espécie de "mãe" ou "esposa ferida" e assume uma postura em que exige ser tratada de modo decente. Não permita que o seu pai o coloque na tempestade dele, coloque-o na sua paz.

O pai é a primeira pessoa que a filha divide o amor da mãe e, em razão disso, é possível que ela considere o elo pai e filha. Na frase de cura: "Filha, você pode amar o seu pai", a mãe abre espaço no coração para que o amor da filha possa chegar ao pai. É uma decisão madura da mulher que consegue reconhecer a escolha de ser mãe com o único movimento possível, que acontece com um homem. Quando a mulher se entrega ao homem, ela permite que a força do amor deles pela vida – nem sempre um pelo outro – siga adiante nos filhos. Esse movimento exige da mulher que ela confie no amor que chega da filha por ela, mas que também chega da filha pelo pai, pois somente ela poderia escolhê-lo para que a realização de ser mãe fosse possível.

Assim, o olhar da mulher para o homem, também conduz o amor da filha para o pai. Se esse olhar é de confiança, admiração e amor saudável, a filha se sente protegida e encorajada a crescer como uma mulher forte, decidida, capaz, segura, otimista e cheia de energia para produzir. Mas se esse olhar é de rejeição, crítica, cobrança, decepção e solidão, a filha se sente desprotegida, mal-amada e enfraquecida para confiar nos homens, no próprio desenvolvimento pessoal e profissional (na maioria das vezes), sofre nas relações afetivas por se sentir ameaçada, ou fica sozinha, vive sucessivas decepções etc.

Existem muitos motivos que levam a mulher a se decepcionar com o pai da filha, mas o arrependimento de ter escolhido "esse pai" para ela não solucionará o problema. Do mesmo modo que a filha precisou da força do pai para ser concebida, ela precisará dessa mesma força para crescer, desenvolver, continuar se movimentando e ir ao encontro de tudo que deseja no mundo.

Como não estamos aqui para mudar a mãe, convido você, a filha, para se fazer a seguinte pergunta: "Como vou amar o meu pai, se ele foi tão difícil para a minha mãe e toda a família?". A resposta é simples: quando sentir o SIM que sua mãe deu a ele quando engravidou de você! Afinal, o ato mais humilde que ela pôde fazer por você foi amar o seu pai.

Na frase de cura: "Filha, você pode tomar o amor do seu pai", a mãe abre espaço para que ela também receba a força do masculino e conheça o amor diferente.

O que é tomar o pai?

É tomar coragem para virar adulta.
É fazer as coisas acontecerem.
É saber o que quer da vida.
É se colocar no caminho da aprendizagem e do servir.
É descobrir novas "vontades", interesses, predisposições e talentos.

É inovar o velho e persistir no novo.

É mudar de fase, confiando no ciclo que está chegando.

É ver sentido no "estar viva" e se alegrar com a vida que tem.

É confiar na realidade.

É amar o desconhecido e o MAIS do mundo!

Tenho acompanhado várias mulheres que se afastaram do pai, em função das histórias difíceis da mãe, mas que sentem que ele precisa estar vivo dentro delas.

No relato a seguir, vamos conhecer a história de uma filha que tomou partido das dores da mãe e, assim como ela, se sentiu prejudicada pelos homens da família, não se permitindo confiar no amor deles.

"Eu assisti à *live*[15] sobre tomar o pai, quantas coisas eu pude ver e sentir. Vivenciar a dor dos homens da família foi para mim uma realidade desde o meu avô materno, que foi muito criticado e excluído pelo vício da bebida e, em seguida, vivi fases difíceis com meu pai. Perguntei-me o que vejo no meu pai além da imagem dele sob o olhar da minha mãe? Acho que não o conheço de verdade, pois com a nova consciência, percebi que aquele pai cheio de defeitos e problemas foi sempre criticado. Cresci com a certeza de que o meu pai foi muito difícil e foi essa imagem que me fez companhia. Parece que preciso esconder o amor que sinto por ele até dele mesmo e de mim. E repliquei isso na minha vida, pois sinto que não amo os homens na totalidade, não os aceito, não os respeito e sempre

• • • • • • • • • •

15 Live Especial Dia Dos Pais: *O que é tomar o pai?*, realizada no dia 08/10/21, no Instagram: @larissepedrosa32.

tenho uma crítica, a começar pelo primeiro marido do qual tive muita vergonha e vejo os frutos disso nas nossas filhas".

É possível perceber que a filha que cresce ouvindo sucessivas críticas sobre o pai, abre mão desse amor, não confia nos homens, paga o preço alto de "ter que dar conta das coisas", não sabe ser servida, sente-se sozinha, se torna controladora e, além de carregar a dor da mãe no inconsciente, enfraquece o próprio feminino e não sabe ser a mulher da relação. Neste caso, qual é a solução? Deixar a dor da mãe com ela.

Se você consegue amar o seu pai, pode tomar a melhor parte dele e abrir o coração à sua mãe, dizendo: "Obrigada, mãe, pelo meu pai certo".

O perdão é um movimento de profunda renúncia da alma, que acontece com sinceridade quando a pessoa que o oferece se vê igual à pessoa que o recebe. No perdão, as duas partes se encontram iguais, nem melhor nem pior do que a outra. Por isso, Bert Hellinger diz que a filha que perdoa ao pai, ao mesmo tempo o acusa, pois ao vê-lo inferior a ela, sem perceber, fica por cima dele.

Já ouvi algumas filhas assumirem que estão "perdoando" ao pai para se verem livres da culpa e garantirem, sistemicamente, resultados que as interessam. Por exemplo, aquelas que desejam um namorado, uma boa profissão, valor financeiro, coragem para as mudanças e novos projetos, acabam criando armadilhas para si mesmas, pois acreditam que, no ato de perdoar, ganharão a força que lhes falta para se emancipar.

Na decisão de perdoar ao pai, muitas vezes a filha se sente uma pessoa superior a ele e não percebe que ainda o está julgando, afinal vê o "grande" menor que ela. Decidir ter um pai no coração exige reconhecer a sua história como a certa, honrar o homem que ele é e agradecer por ter recebido a vida dele, sem questionamentos.

Os ganhos em forma de novos conhecimentos, vivências, boas energias, relacionamentos saudáveis, superações e transformações nos ensinam a dar um bom lugar para as perdas que conhecemos. Tudo isso é possível graças ao passado, pois além das histórias desafiadoras com nossos pais, nos tornamos quem somos justamente em função deles.

Uma vida real é marcada por aquele dia em que perdemos o que tanto desejávamos, aquele dia em que fizemos uma despedida difícil, ou que "fracassamos", aquele dia em que desanimamos de cumprir as metas, ou que olhamos para o lado com incômodo, aquele dia em que nos julgamos incapazes, criticamos nossas falhas, tivemos dificuldade de mudar e sentimos o vazio da alma em nossas desistências. Mas, mesmo com tudo isso, continuamos a caminhada.

Como vimos, a mãe encaminha a filha ao pai, seja com muita dor no coração ou muito amor, mas cabe à filha, quando mais velha, saber se despedir e deixar com ela o que a pertence. A maternidade exige um amadurecimento constante e, na maioria das vezes, a mulher espera essa mesma maturidade do pai da filha dela. Quando isso não acontece, a decepção, o desânimo, a raiva, a solidão e tantos outros sentimentos lhe fazem companhia. Desse lugar, a mulher ferida mostra a mãe ferida dentro dela e faz a ferida seguir adiante (também) no coração da filha. Se a mãe se arrepende de ter escolhido esse "pai" e o afasta da filha, deixa sua dor ainda mais forte, pois sob seu olhar de rejeição, não abre caminho para que ela siga com o masculino em paz.

Essa é uma raiz que explica por que muitas mulheres continuam pesadas nas relações, sentem-se abandonadas, desconfiadas e/ou traídas e vivem sempre com medo de acabar sozinhas. Quanto mais enfraquecem o masculino (relação com o pai), mais sacrificam o feminino (relação com a mãe) e continuam "brigando" com a vida e questionando o futuro.

Perceba, nas frases a seguir, as queixas mais comuns das mães com as filhas, que estão, porém, relacionadas aos pais: "você parece o seu pai"; "você não vai se tornar ninguém na vida", "você é egoísta", "você não é confiável", "você não se importa comigo", "você só pensa no próprio umbigo", "você não me ouve" etc.

O grande desafio da filha que tem essa dor como mulher é que a solução não olha para a mudança da mãe muito menos para a mudança do pai. Olha para a *própria* mudança! O pai ganha um lugar melhor no coração da filha quando ela descobre ter interesse em uma vida adulta mais saudável e tenta recuperar isso. Assim, quando falo sobre a importância de receber o amor do pai e *amá-lo* com reconhecimento e gratidão, quero dizer que esse amor está relacionado ao *ficar viva*, construir uma história digna, real e humanizada, se desenvolver como mulher, crescer nas áreas de escolha, ser autoconfiante, corajosa para os novos projetos e se alegrar com a vida a dois em equilíbrio.

Para isso, é de suma importância compreender o processo, se harmonizar com a própria história e aprender o exercício da gratidão.

A vida é generosa e se abre para a cura todos os dias.

No lugar de *in-vejar* a filha pelo pai que ela tem, eu me *vejo-in* (dentro) dela para poder amá-lo livremente[16]

Recentemente, uma grande amiga me enviou a foto de sua filhinha na maior "diversão" com o pai e escreveu: "só tem graça se for com o pai (rs), eu também adorava pentear e maquiar o meu. Por que essa preferência?".

Senti a alegria daquela foto e entrei em contato com a história que ela me conta, pois também lembrei-me da minha infância. Em seguida, lhe respondi:

Não tem nada mais leve que um bom pai para uma filha! Com ele, ela não se vê no espelho e, por isso, é um movimento calmo e espontâneo! Agora, na relação com a mãe é como se olhar no espelho completamente "nua", o tempo todo e "aprender" a se olhar sem críticas, sem cobranças e sem os pesos da rejeição.

Quando a mãe olha para a filha, ela também se vê e, quando a filha olha para a mãe, ela vê o reflexo da mãe como filha e o da avó materna como mãe. Sempre falo para as mães de meninas: "vocês cuidam e acompanham a infância de duas crianças: a da filha de vocês e a da menina interna que mora em vocês".

Ser mãe de menina é um desafio para nós mulheres, mas também é a nossa maior fonte de cura.

• • • • • • • • •

16 Frase da escritora Daniela Migliari publicada no texto compartilhado comigo no Instagram, em 09/01/23, nas páginas: @larissepedrosa32 e @daniela.migliari.

Numa Constelação, acompanhei a lealdade da filha à mãe ao carregar para ela um casamento cheio de segredos do pai e sacrificar o próprio casamento, se mantendo longe do marido e das filhas. Sem força, essa filha procurava o olhar do pai, encarava o olhar baixo das amantes e "vigiava" os irmãos que não puderam nascer. Um movimento de casal perigoso, no qual essa filha se ocupava com o que estava aberto entre o pai e a mãe, mas não conseguia ver o que estava aberto entre ela e o marido. E, debaixo dos olhos, uma de suas filhas buscava a automutilação para trazê-la de volta para casa.

É fato que, quando a mãe não consegue olhar para a traição do marido, perde o respeito da filha, pois a coloca no lugar de fazer isso por ela. Em muitos trabalhos, ouvi filhas "obedientes" relatarem com "satisfação" que descobriram os "casos" dos pais antes mesmo da mãe suspeitar de algo. Nenhuma delas estava livre para um bom casamento. Após alguns movimentos essenciais na Constelação, quando a mãe olhou para o marido, a filha conseguiu olhar para o próprio marido e, imediatamente, se tornou disponível para o seu casamento e filhas.

É importante que a mãe saiba que a filha constrói uma imagem de como relacionar consigo mesma e, posteriormente, com um homem, observando o olhar dela para si mesma e, depois, para o pai. Um verdadeiro laboratório para os problemas, mas também para as suas soluções afetivas. Ela repara no "trato" da mãe com tudo que a envolve: rotina de higiene, alimentação, vestuário, saúde, casa, família, casamento, trabalho, dinheiro, descanso, diversão, prazer etc.

Do lugar dela, fica atenta no "como" a mãe se relaciona em todas essas áreas e pessoas, aprende a fazer o mesmo, não por concordância, mas por repetição. Por exemplo, a filha se autoriza ser tratada pelos homens exatamente como a mãe permitiu, um dia, ser tratada pelo pai dela e reflete em suas relações o que ainda está aberto entre eles.

Se ela não reproduz o que a mãe foi como mulher na relação com o pai, ela reproduz o que o pai foi como homem na relação com a mãe. É uma dança interna de "tentativas" de salvar o amor dos pais, já que se vê como fruto desse amor.

Nem sempre essa dinâmica é visível, mas basta observar como a filha luta para amar e ser amada por um homem e, então, veremos a causa dela. Um caminho que leva à cura da filha como mulher é olhar nos olhos da mãe e dizer: "Querida mãe, o que está aberto entre você e meu pai é seu!".

Muitos conflitos são convites para a mudança

As crianças acreditam que as coisas são como são e, em função disso, quando os pais não conseguem sustentar a própria dor, as crianças acabam por sustentar o peso deles. Cada vez que os pais não colocam em palavras o que sentem no casamento ou mesmo na relação com os pais, irmãos e outros familiares, geralmente, as crianças mostram em forma de problemas na própria vida.

Essa situação mostra que tudo que não se soluciona em casa entre os pais será visto pelos filhos na escola, na vizinhança, no esporte etc. É importante que as mães abram o coração para que os pais de seus filhos compartilhem a responsabilidade de criá-los também. E que os pais abram o coração para isso e não se resumam apenas a "ajudantes" dessa criação.

Em alguns casos, a filha fica envolvida na energia do pai em função das necessidades dele, mas também na energia da mãe por se sentir uma "mulher" capacitada para acompanhá-lo e ensiná-lo a ser um homem melhor para ela, assim como um pai mais possível para a família.

Aquilo que a filha carrega por amor ao pai é uma maneira oculta de não "perdê-lo", visto que fica dividida entre o rancor da mãe e a realidade de "ainda" ser a filha dele. Em um divórcio, por exemplo, a filha tenta separar os sentimentos sobre o pai dos sentimentos da mãe, mas nem sempre encontra paz no coração sobre isso. Essa é uma das maiores dificuldades da filha com relação ao "tomar" o pai, o que a prejudica em suas próprias relações: com ela mesma, com os homens e com as outras mulheres.

Em muitas situações, ela sabe que a mãe tem "razão", mas fica perdida entre carregar a mesma "raiva" dela ou não, pois também sabe que não é a mulher dele.

Mas o que realmente prende a filha?

Uma das maneiras como a mãe "prende" a filha é quando tira dela o direito de ter uma existência separada da sua dor e insiste em confidenciar sentimentos ruins sobre o casamento difícil. Somente quando a mãe reconhece a ligação especial da filha com o pai, separa suas dores e a libera para tomar o amor dele.

Na expressão: "eu não posso", a filha fica presa em tudo que não consegue ser como mulher. Então, convido você a sentir no corpo esta afirmação, fazendo o exercício de completar, mentalmente, a frase: "Mãe, por você, eu ainda não posso"...:

- Ter um pai;
- Confiar em mim;
- Ter um amor de verdade;
- Ter independência profissional e financeira;

- Ser mãe;
- Alegrar-me comigo;
- Ter uma família saudável;
- Ser uma mulher autoconfiante.
- Fazer mudanças;
- Ser realizada.

"Se dividir um bolo de aniversário com os filhos, mas excluir um deles, nenhuma parte do bolo é boa entre os irmãos", nos explicou Stephan Hausner.[17] Ele estava facilitando uma Constelação Familiar quando nos trouxe essa reflexão. Ao seu lado, estava sentado um pai de família que chorava copiosamente, pois reconhecia que a principal causa do adoecimento do filho caçula era a lealdade que ele tinha com os irmãos que não puderam nascer.

Eu nunca tinha visto tanta dor no coração de um pai, que no passado escolheu abortar para se ver livre da paternidade considerada "fora" de hora. Foi um movimento profundo de reconciliação "pai e filhos" que tocou o coração do grupo, pois sentimos as consequências desse passado que, de alguma forma, está presente em nossas histórias com os homens da família.

Lembrei-me de que o homem só é livre quando consegue assumir a mulher e o filho de verdade. Assim, esse sofrimento deixa chegar uma plenitude que nem mesmo a felicidade

• • • • • • • • • • •

17 Frase atribuída a Stephan Hausner no Workshop presencial *Mesmo que custe a minha vida*, em Valinhos, 2021.

alcança. Em memória dos filhos, os pais fazem coisas boas que, normalmente, não fariam sem essa realidade. Acrescenta Hellinger, "não precisa ser nada grandioso, mas deve ser único." (2019, p. 84).

Em muitas situações, o que a filha carrega pelo pai é por amor *também* ao que está no coração da mãe, mas, sem perceber, se distancia dela e das outras mulheres da família para "garantir" que não vai sofrer. Ao sobrecarregar o feminino, sente-se presa no padrão do pai e repete o comportamento dele, dizendo internamente: "prefiro fazer como meu pai, a sofrer como a minha mãe".

Essa filha mais parece o "pai agressor" em suas relações, pois "bate" emocionalmente no companheiro, mente, o coloca em último lugar e o domina com jogos de poder e tramas perigosas. É importante que a filha desista da "missão" de ensinar os pais a se tornarem melhores um para o outro, abandone o instinto de "vingadora" das traições familiares e deixe de pagar essa dívida com uma difícil e duradoura solidão afetiva.

Somente a filha que consegue olhar para a dor da mãe com compaixão, pode dizer: "Querida mãe, sinto muito. Eu não estava livre. Aquilo que carreguei para o meu pai foi por amor. Agora eu respeito o que ele carrega e deixo com ele. Por favor, olhe para mim como sua filha, somente sua filha".

Todo processo de cura veste a alma de maturidade.

A melhor queda é cair em si

A traição é um sintoma na relação. Mas quando vem uma criança dela, não pode ser um segredo. É possível ver, no relato a seguir, o que significa, de fato, essa frase.

"Meu pai nasceu do amor proibido da minha avó, uma mulher negra, e do meu avô, um homem branco e casado. Fui em busca da família paterna e encontrei primos que foram receptivos e, ao mesmo tempo, resistentes à ideia de que o avô havia traído a avó. Pedi uma foto do avô e enviaram várias, destacando, especialmente, o seu casamento de 50 anos. Uma das primas, já mais velha, disse ser impossível a possibilidade do meu pai ser um filho bastardo do avô dela, já que reconhecia o amor dos avós. Eu respondi que meu pai bastava-se, apenas, com a imagem do pai. E que o segredo atuava nas famílias e que podíamos ver os padrões de repetição entre eles. Não disse isso a ela, mas o segredo fez com que meu pai repetisse a história, se envolvendo com uma mulher casada e abortando o filho deles. Mais tarde, com um grande amor, sem recursos, também abortou o segundo filho. Mexer no segredo transbordou a existência dos meus irmãos não nascidos e, ainda sem consciência, repeti a história do meu pai. Tive um namorado na juventude e, ainda imatura, fiquei grávida. No primeiro momento, acolhemos a realidade, mas depois o namorado surtou e não pensei duas vezes, envolvendo meu outro namorado no aborto que fiz. Foi preciso muita cura para dar lugar ao filho que não nasceu e ao verdadeiro pai. Atualmente, com o pai do meu filho nascido, vivo as consequências das minhas escolhas. Num livro de Sophie Hellinger, li que o fardo de carregar um filho morto é maior do que carregar um filho vivo. Essa frase me tocou profundamente, pois desconhecia a grandeza de ser mãe. Então, carregar o que é difícil do pai, não me deixou apenas sem mãe, mas sem filho e muito mais. Como não existe coincidência, tenho o nome da minha bisavó paterna, inclusive as mesmas iniciais. No passado, minha bisavó branca casou-se com meu bisavô negro e, de lá para cá, quantos encontros e desencontros em nossos amores perdidos".

Veja a importância de todos os envolvidos reconhecerem seus lugares, responsabilidades e consequências nisso. É possível evitar a repetição e o estabelecimento de padrões nocivos, basta que todos estejam abertos a isso.

Meditação: o pai no coração da filha

Acesse a versão gravada desta meditação apontando a câmera do seu celular para o QR Code ao lado.

Feche os olhos, respire profundamente três vezes – iniciando com o expirar – e sinta os pés no chão, acalmando os pensamentos. Esvazie-se de tudo o que você não precisa mais carregar, solte toda a intenção, toda a resistência e toda a vontade de se livrar de algo. Ao inspirar, internalize a luz mais linda que o seu corpo e a sua alma merecem. Veja a cor que se apresenta e se ilumine dela.

Agora, imagine a sua mãe na sua frente. Traga na memória as frases que você ouviu dela com relação ao seu pai, e ao pai dela. Deixe chegar os sentimentos que ela sentiu na relação com eles. Tristeza? Raiva? Decepção? Medo? Solidão? Culpa? Vingança? Perceba como fica seu corpo. Carinho? Atenção? Cuidado? Amor? Cumplicidade? Alegria? Prazer? Confiança? Tranquilidade? Agora, sinta o seu coração e dê atenção a ele.

Imagine a sua avó, a sua bisavó e todas as mulheres da sua linhagem materna atrás da sua mãe e deixe chegar os sentimentos delas com relação ao pai, aos homens e aos filhos delas. Como é olhar para todas essas mulheres em suas histórias com os homens?

Sinta tudo que gera em você e reconheça o que é e o que não é. Qual foi o medo que o aprisionou na infância com relação ao seu pai? O que a sua mãe lhe mostrou?

O medo de ser deixada? Da solidão? O medo das cobranças? De nunca ser boa o suficiente? O medo de ser agredida? Traída? Humilhada? Qual desses medos você segura até hoje? Se veja pequena, sua mãe maior que você te protegendo e sua avó maior que sua mãe protegendo ela. Sinta como é soltar esses medos e deixe todos eles com elas. Olhe no olho de cada uma e diga: "Sou mulher como vocês, mas preciso crescer! Sinto falta de ter um pai! Sinto falta de ter um homem bom! Sinto falta de acreditar em mim!". "Por favor, me olhem com carinho se desejo fazer um pouco diferente!".

Receba o sim delas e perceba que nada foi em vão! Esse sim te deu a vida e segue no seu futuro. Sem ele, você não estaria aqui. Então, a sua mãe diz: "Filha, você pode receber o sim do seu pai". Sinta como é receber o sim dele sem culpa, sem medo, só como pequena. Veja se você consegue ver seu pai sorrindo e acredite no sim dele que te deu a vida!

Sinta-se livre para ter um pai. Diga: "Eu tenho pai!", "Eu tenho pai!"... E veja a sua mãe olhando para vocês. Ela se alegra!

Em muitas situações, o que a filha carrega pelo pai é por amor também ao que está no coração da mãe, mas, sem perceber, se distancia dela e das outras mulheres da família para "garantir" que não vai sofrer também.

12. A bênção da mãe é a vida da filha

A mãe abençoa a "vinda" da filha na vida, porém o "ir" da filha para a vida é uma escolha pessoal de sentir essa bênção e fazer o movimento por si só. Ao longo de seus trabalhos, Bert Hellinger afirmou que viver *sem* mãe presente no coração significa o mesmo que viver: *sem* vida; *sem* amor; *sem* sucesso; *sem* realização; *sem* feminino; *sem* fertilidade; *sem* dinheiro; *sem* relação afetiva; *sem* maternidade; *sem* abundância, *sem* servir à vida etc.

Em consequência, quem evita a própria mãe, evita a vida, e ter uma relação saudável com a mãe garante que a filha tenha uma relação saudável com a vida. Muitas vezes, a filha carrega a dor de não sentir a mãe viva dentro dela, porém, quando se "sacrifica" para sentir a bênção da mãe deseja a qualquer preço ser amada e reconhecida por ela.

O exemplo da vivência *mãe e filha* a seguir exemplifica essa afirmativa.

Um dia a mãe disse à filha: "Filha, eu quero te pedir perdão, pois quando soube que estava grávida, não desejei essa gestação. Eu já tinha dois filhos e me sentia cansada para ter mais um". Nesse dia, ela estava doente, acamada e parecia frágil em seus sentimentos, mas trouxe-lhe essa confissão antes de morrer.

A filha não perguntou à mãe o que fez com isso, se tentou abortar ou se sofreu na gestação. Não abriu espaço no coração para essa realidade existir entre elas. Ao contrário, sentiu-se forte, amada e muito cuidada pela mãe.

Era uma ânsia de permanecer e apenas disse: "Fique tranquila, mãe, eu estou aqui e isso é o que importa!".

Naquele dia, a filha não queria falar da "rejeição" que, sem perceber, guardou a vida toda no coração e que refletiu em traumas, perdas, separações difíceis e fracassos que vivenciou na vida.

Essa dor não era consciente para a filha, mas como ela sabia que "tudo que se exclui um dia chega", percebeu que vários sentimentos de rejeição a acompanharam por sua história.

Às vezes, ela recebia a rejeição. Às vezes, ela rejeitava.

Os anos se passaram e muitos acontecimentos difíceis e desafios a acompanharam e ela vivenciou relações que a exigiram muito, pois se fosse ela mesma com os seus limites, sentia que seria rejeitada.

Vivenciou projetos pessoais e profissionais em que precisou ser muito forte e perfeccionista, pois se ela mostrasse falta de interesse, conhecimento ou competência, sentia que seria rejeitada.

Vivenciou realizações de sonhos que a esgotaram muito para consegui-los, pois, se desistisse deles, sentia que seria rejeitada.

Hoje, com essa dor no coração de uma maneira mais leve, a filha desistiu de ser a mais forte, a mais competente e a mais insistente das mulheres apenas para permanecer viva.

Logo, a filha exclamou:

"Querida mãe, tomo o seu amor real, desde o começo da vida, sem tanto esforço para fazer parte. Tomo o simples que vem de você. Hoje, reconheço que o maior esforço entre nós duas foi seu, o deixo com você e a honro por isso. Obrigada".

Nota-se que a bênção da mãe chega para a filha pelo simples fato dela se manter viva e concordar com a vida. É importante destacar que a filha que tem raiva da mãe em função dos seus descuidos e/ou ausência desde o nascimento é sempre desafiada na vida, pois ao questioná-la, se fecha para o amor e se afasta de si mesma como mulher.

Na infância, a filha se depara com o extremo vazio quando deseja receber mais da mãe, mas ela não pôde estar presente pela dinâmica da repetição familiar. Como efeito, qual é o sentimento mais forte que se apresenta para a filha? Em todo o seu processo, ela fica aberta à dor do abandono e da rejeição. Logo, se inicia o movimento para o menos em tudo que ela faz como mulher e, em seguida, carrega o amor interrompido da mãe como o corte da vida para ela.

Por um lado, essa filha, na fase adulta, parece mãe de todos, é forte, perfeccionista, exigente, crítica, controladora, solitária, não admite erros etc. Por outro, permanece infantilizada e sempre precisa de cuidados. Então, se curvar ao destino da mãe é o mesmo que ganhar o lugar de filha novamente, a fim de se desenvolver de forma mais saudável.

O caminho em direção à mãe é o mesmo caminho em direção à vida e, para a filha, nem sempre é fácil vivenciar uma boa relação com a mãe e vice-versa. As dificuldades entre elas refletem em todos os setores da vida da filha, independentemente de ela ser mãe. Porém, quem assume a responsabilidade da própria história recebe uma força que as inocentes não possuem. Não é simples, mas quando se toma a força de uma história difícil, a solução se torna possível.

Solidão é estar desacompanhada de si mesma

Os filhos representam o futuro dos pais e de todo o sistema familiar. Nessa ordem, a vida tem força. Por exemplo, a mãe abençoou a existência da filha ao deixá-la nascer e, por esse motivo, segue presente em seu crescimento, ela tendo consciência disso ou não.

Mesmo assim, muitas mulheres sentem-se solitárias e reconhecem a solidão como um difícil reflexo da infância, especialmente na relação com a mãe, mas não consideram que, independentemente de suas histórias familiares, elas caminham distantes pelo coração, por estarem desacompanhadas de si mesmas. É preciso aprender a gostar da própria companhia, para isso é imprescindível fazer as pazes com o passado e acolher as emoções infantis, pois é importante ter consciência de que todo vazio nascido lá, não vai ser resolvido lá. É na fase adulta que olhamos para a nossa "criança interior" e abrigamos seus vazios com movimentos de autoamor, autorrespeito, autodesenvolvimento e de concordância com a realidade que apenas no amadurecimento é possível conseguir.

Cuidar da criança interior é saber descansar, brincar, falar, sonhar, criar, viajar, relacionar, sorrir, cantar, dançar, ter prazer e pausar diante dos acontecimentos mais reais da nossa vida, levando no coração as histórias difíceis como forças que nos permitiram crescer e nos tornar uma "mulher-feita". Eu sei que crescer dói, pois é um movimento que exige várias superações, mas é exatamente por termos a companhia da nossa criança interior, é que podemos conciliar essa dinâmica com amor e respeito, deixando a travessia muito mais prazerosa.

Sair culpando as pessoas ou situações, desejar vinganças, promover conflitos, espalhar palavras pesadas e ameaças e, especialmente, negar esse ciclo é o mesmo que estacionar na esteira da evolução. A autorresponsabilidade é o lugar mais elevado do crescimento, por isso fazer a passagem do lugar de vítima para o lugar de responsável é o único caminho que a levará a ter paz. É possível crescer no amor! Mas, para isso acontecer, veja o quanto você está disponível para agradecer a sua realidade (com tudo que lhe falta ou excede), o quanto você se alegra com a alegria das outras pessoas (independentemente de se elas o prejudicaram ou não), o quanto você se sente de acordo diante do novo (sem desejar competir com ninguém), o quanto os esforços, as regras e os movimentos de servir a vida são bem acolhidos em sua rotina.

Em períodos de mudança, a humanidade é convidada para crescer para sair de frequências adoecidas da alma em direção aos sentimentos mais nobres do amor. Saber percorrer fases difíceis com paciência, otimismo e humildade e se abrir para receber os novos ensinamentos da época. Ninguém atravessa uma fase difícil sem sair dela melhor do que entrou.

Portanto, se estiver atravessando um enorme desafio, não tenha preocupação do que está sentindo. Raiva, tristeza, angústia, medo, ansiedade, culpa, pena e solidão ficam mais fortes nos momentos difíceis, por isso é preciso ter a segurança de que são passageiros e não determinam o resultado da caminhada.

O silêncio da alma é a prece mais poderosa de uma fase obscura, pois não é sempre que compreendemos os motivos que nos levam ao sofrimento. Se pergunte: "O que aprendo com isso?" e aguarde o tempo dessa aprendizagem, pois, quando menos esperar, a resposta virá. Se for preciso, peça ajuda.

Comigo é até aqui, mãe!

A vida tem um jeito de ser mais bonita do que trágica, mas depende de nós escolhermos o melhor caminho. Tomar consciência de que nossa mãe nem sempre foi boa conosco e, mesmo assim, tem o mérito de ter nos dado a vida é um dos esforços mais dolorosos do amadurecimento.

Ficar de frente aos limites da mãe, especialmente quando sabemos que a nossa infância não foi protegida por ela, nos leva a experimentar um profundo sentimento de negação e passamos a nos sentir "órfãs" em uma realidade marcada por várias feridas. Em geral, a mãe que rejeita a filha pode, inclusive, exigir que ela assuma o papel materno dentro da família, cuidando da casa e dos outros irmãos, quando não insiste, também, em receber cuidados.

Uma realidade difícil para a filha que se sente abandonada pela mãe e que desenvolveu a "autossuficiência" como proteção. Muitas filhas mostram dificuldade em suas relações por sempre desconfiarem das pessoas, mas também do próprio potencial. Nas duas realidades, elas precisam dizer: "Querida mãe, entrego você para a sua solidão" para encontrar o caminho da cura.

A filha que não sente a bênção do amor materno tem uma conexão fraca com a mãe e reflete essa falta nos próprios propósitos, sem energia para transformar seus sonhos mais sinceros em conquistas, por exemplo.

Onde foi que *mãe* e *filha* se perderam em suas histórias difíceis?

Algumas mães, ainda por cima, tentam "transformar" suas filhas em "confidentes" e não percebem que a busca por essa "intimidade", pode levá-las a grandes problemas emocionais. Em minhas observações clínicas, nem mesmo a filha mais "consciente" tem equilíbrio emocional para carregar o peso das responsabilidades da mãe, pois toda vivência força o desenvolvimento precoce da filha e a desvia do próprio caminho. Assim, nada como serem diferentes uma da outra, terem sentimentos e necessidades individuais e permanecerem livres para serem elas mesmas.

O processo é longo, trabalhoso e exigente, mas é na busca por limite nessa relação que a filha encontrará uma postura madura para conseguir, um dia, dizer respeitosamente: "Eu vejo o meu sacrifício para acalmar o seu coração, mãe. Mas agora me retiro".

Por isso, restabelecer a conexão com a mãe é o caminho de cura que mais recomendo para quem deseja amadurecer.

Quando foi que a sua mãe começou a incomodar?

Quando a mãe não acredita no sucesso da filha, torna-se um peso para o coração dela, e esse movimento começa na infância, seja pela mãe exigir muito dela e sobrecarregá-la com suas ânsias pessoais; por competir em busca de "olhares" que não recebeu dos pais e nem das relações atuais; por "precisar" dela por não confiar em si mesma, desencorajando-a de seguir o próprio caminho; ou, em muitos casos, seja por se preocupar com suas escolhas pelo fato de ser muito centralizadora.

Como cada caso é um caso, é necessário investigar melhor a relação mãe e filha, já que o que fica no coração da filha é o que adoeceu no coração da mãe. Geralmente, quando a mãe não consegue incentivar a filha, é porque não se sente livre para realizar suas metas com tranquilidade e busca essa "autorização" nas relações em que recebe reforços e elogios ao seu redor.

Ela passa a "mendigar" olhares de aprovação nas relações e faz tudo para agradar. Mas a filha que consegue olhar para a realidade da mãe, amadurece a postura e cresce em seu futuro. Ao se apropriar dele, não vai esperar o reconhecimento de mais ninguém. Assim, a filha trabalha a dor que sente da mãe, consegue ter gratidão pelo melhor dela e segue como uma mulher de "sucesso". No próximo passo, a bênção da mãe sempre chega para a filha.

Em busca de encontrar respostas para perguntas como: "Quem sou eu como mulher?" ou "Em que mulher eu me transformei?", a filha atravessou um caminho longo da infância até a fase adulta, em que precisou "deixar" para trás quem lhe ameaçou o desenvolvimento da maturidade.

Na maioria das vezes, a mãe é a maior ameaça, e por isso muitas filhas não conseguiram amadurecer como mulher. A mãe representa a tradicional razão pela qual ainda há pouco a filha adolescente não tinha uma personalidade própria e diferente dela, exatamente por todo o processo de formação inicial ter vindo da psique materna. Assim como a filha na fase de crescimento precisa aprender a deixar os cuidados da mãe no passado, a mãe também precisa aprender a deixar a "necessidade" de proteger a filha dos riscos da vida.

No quadro em que a filha teve uma mãe favorável, que conseguiu prover cuidados básicos, nutrição, proteção, carinho e educação, é comum vermos que, na adolescência, a menina começa a se incomodar com as orientações da mãe na busca por encontrar a própria personalidade. Esse é um período em que a filha constrói um muro de proteção entre ela e a mãe para garantir sua passagem para a fase adulta. É como se tudo que vem da mãe fosse um mundo à parte e, então, a filha o recebe com questionamentos, críticas, queixas e, em alguns casos, desinteresse e rejeição.

Momento desafiador para a filha, mas ainda mais desafiador para a mãe, visto que ambas se "afastam" provisoriamente para a filha não sentir dificuldade de crescer e para a mãe não ameaçar o crescimento da filha. A mãe, amadurecida e saudável, que aos poucos vai se tornando desnecessária para a filha, vê o seu amor materno passar por transformações ao longo do tempo. A mãe infantilizada e adoecida, que se torna cada vez mais necessária para a filha, não suporta transformar o seu amor materno ao longo do tempo.

O real desafio da filha é conseguir reconhecer, honrar e agradecer a mãe (mesmo a distância) e não repetir as dificuldades dela na própria vida. Já o real desafio da mãe é conseguir perder a importância e a influência na vida da filha e não sobrecarregar a relação que pode seguir com conflitos por muito tempo.

O esperado é que, mais tarde, "mãe e filha" voltem a se reaproximar e recuperem o tempo perdido. Afinal, que filha madura nunca vivenciou uma dificuldade e, chegando a uma conclusão, disse: "agora entendo a minha mãe!".

Existem mães que não tiveram dificuldade para criar as filhas numa relação próxima e afetiva, mas sentem o peso de não serem capazes de deixá-las seguir a própria liberdade. Por serem protetoras e disponíveis demais, acabam deformando o crescimento emocional das filhas, mas não sabem se posicionar de forma diferente.

Outras mães, já impulsionaram as filhas para que se "virassem sozinhas", mas, em casos mais complexos, não se sentiram capazes de criar um elo de proximidade e afetividade. Essas mães comprometem ainda mais o crescimento emocional das filhas pela falta de condição de cuidar delas ou por não terem interesse em se responsabilizar.

Cada vez mais, tenho orientado "mãe e filha" a se relacionarem com consciência em relação às suas diferenças, respeitando-as e somando-as em seus conhecimentos. A consciência da mãe sobre o poder que ela tem na formação emocional da filha, a ajudaria muito em seu desenvolvimento, uma vez que pode acabar infantilizando-a para suprir a necessidade de tê-la "sempre" próxima.

Mas como isso pode acontecer se tudo que a mãe deseja é que a filha se torne uma mulher segura e realizada? Eis o desafio para as duas, uma vez que entre a fase da filha menina e a fase mulher, as duas precisam viver uma espécie de "separação" provisória para que a filha procure e encontre a própria individualidade, e para que a mãe coloque a sua função maternal à prova em razão do amadurecimento da filha.

Como explica a Dra. Evelyn Bassoff, autora de *Mães e filhas - a arte de crescer e aprender a ser mulher,*

> quando a menina cresce, a sexualidade nascente ameaça o laço exclusivo mãe e filha. Pela primeira vez na vida, talvez, a filha esconderá segredos da mãe, não mais permitindo que ela a conheça por inteiro. A menina adolescente pode continuar a conversar com a mãe sobre amizades, deveres escolares e esperanças de futuro, mas o mais provável é que não fale das fortes sensações sexuais que começam a agitá-la. (1990, p.32).

É perceptível que a adolescência é a fase misteriosa da menina que topa sair do casulo da "inocência" para desabrochar na mulher "desconhecida" que vai surgindo dentro dela. Uma metamorfose complicada que exige tempo, silêncio, reserva e paciência por parte da filha, assim como por parte da mãe. Mas, além disso, cabe à mãe se abrir para o movimento intuitivo e sigiloso de respeitar a mudança da filha e concordar em ser "trocada" pelas amizades e namoros com a consciência de que será com eles que a filha fará a troca justa de suas relações, assim como com a de que será "decepcionada" para vê-la no diferente da própria individualidade.

Cabe à filha, já adulta, decidir compreender o processo da mãe (saudável ou não) e percorrer o caminho que leva à cura da mulher. É a força da mãe que transforma a filha na mulher que será. Mas é a filha que se autoriza a ser uma mulher saudável ou não.

Existem mães que não tiveram dificuldade para criar as filhas numa relação próxima e afetiva, mas sentem o peso de não serem capazes de deixá-las seguir a própria liberdade.

13.
Mãe, o que você me deu importa!

Quando nada dá certo e os projetos não caminham, quando sempre falta algo para as coisas acontecerem, as relações são difíceis e a sensação é de puro vazio e solidão, pelo olhar sistêmico, a causa está na relação com a mãe. É importante notar que a mãe não é a única responsável por isso, pois mesmo que a fase da infância e juventude da filha tenha sido marcada por situações trabalhosas, o que a mãe ofereceu a ela foi o suficiente.

Essa reflexão gera muitos questionamentos, pois as filhas que relatam histórias dolorosas e vivem relações conflituosas com a mãe, sentem-se "arrasadas" quando precisam fazer o movimento de "tomar" a mãe com honra e gratidão. É compreensível que se há a expansão do olhar, mas a consciência não acompanha, torna-se muito pesado para a filha concordar com a mãe que tem.

Esse caminho, apesar disso, não acontece da noite para o dia, exige postura adulta, muita aprendizagem e uma intensa abertura interna para que a filha consiga verdadeiramente reconhecer a grandeza de sua genitora. Um ótimo movimento para começar o processo de mudança é aceitar a seguinte reflexão: "O que é da mãe é da mãe, o que é da filha é da filha". Agora, experimente dizer: "Mãe, o que você me deu importa!".

Leite de rosas

Durante toda uma semana, fiquei pensando muito em minhas tias. E pensei na minha mãe e em minhas avós. Lembrei-me de cada uma, de suas características, de suas histórias e das minhas vivências com elas.

Minha mãe tem quatro irmãs e meu pai também. Minha mãe, minhas avós e minhas oito tias são mulheres que vejo de perto vivendo a vida. Vejo de perto e mais, vejo por dentro. Vejo em mim tanto delas!

Mulheres tão diferentes entre si! Irmãs da minha mãe e irmãs do meu pai... Dois sistemas tão diferentes. E, ainda assim, coube um pouco de cada uma dessas mulheres em mim! Mas, olhando um pouco além, nem são tão diferentes assim, vejo uma tia de cá que tem algo parecido com a tia de lá...

Afinidades, dificuldades, situações de vida semelhantes, talentos, conflitos e dores... "Todo mundo é parecido quando sente dor", diz a música cuja letra foi escrita por uma mulher. E como essas dores nos unem e nos assemelham! Corremos o risco de passar muito tempo num pacto de dor que nos mantém próximas, é verdade, mas que também pode nos adoecer.

Venho aprendendo com outras quatro mulheres a ampliar meu olhar, entrando em contato com essas dores e indo além. Além do sofrimento, além dos sacrifícios, além das faltas e vendo a simples e grandiosa presença dessas mulheres na vida, na família, na história! Quanta beleza e força! Quanta loucura e delicadeza! Quanta sabedoria e zelo! Quanta vulnerabilidade, inteligência, carências, ideias e fases. E tudo é bom, como ouvi há algum tempo de outra mulher, uma mexicana tão pequenina por fora, pero gigantesca em consciência e amorosidade.

Mulheres são leite rico e perfumado, nutrindo dia a dia, pele a pele, alma a alma.

Sigo com vocês em mim. Lembranças de detalhes do jeito de cada uma de vocês fizeram morada no meu cotidiano e me alimentam. O humor, o gosto pelo estudo, pela leitura e pela arte, o amor pelos animais e pelas plantas, o costume do café da tarde, o prazer de cozinhar e de comer, a sensibilidade, a energia para o trabalho e a prática do cuidado. Sigo aprendendo com vocês a cuidar. A cuidar de mim. A cuidar respeitosamente de toda a vida que me cerca.

Lembrei-me do filme *Adoráveis Mulheres*. Tão lindo! Fui procurar o significado da palavra *adorável*. Como escrevi em outro texto, gosto de buscar conceitos, origens e significados das palavras. E achei um conceito bonito: adorável é algo ou alguém para quem você reza. Rezo por vocês com profundo amor e gratidão! E peço a cada uma de vocês, mulheres amadas da minha vida, que me abençoem!

Recebam meu abraço apertado, meu carinho e uma flor bem perfumada.

Daniela Borela[18]

A vida não vem com manual, mas vem com mãe e avós, que é a mesma coisa

A neta perguntou: "Vó, o que devo fazer para me tornar a mulher forte que você foi?", A avó respondeu: "Seja!".

• • • • • • • • • •

18 Daniela Borela é cantora e compositora, especialista em musicoterapia e já levou sua arte em alguns Workshops Mães e Filhas, tocando a alma das mulheres. Você pode encontrá-la na página: @daniela.borela.

Nem sempre ser o que é, de maneira real e autêntica, é uma escolha simples, pois exige uma sincera concordância com relação ao que somos ou não na vida. Neste lugar, podemos apenas dar o que temos e tomar o que precisamos nas relações. Somos feitas de instantes e acompanhá-los é viver da melhor forma possível todos os dias.

Por isso, seja a melhor mulher que conseguir e não se compare com ninguém, goste de você, respeite seus limites, cuide da sua existência e faça os instantes valerem a pena, pois eles representam a origem da sua força. Construa o seu caminho com confiança até chegar à realidade e não desista dos seus projetos em nenhum instante. Seja a mulher que já subiu e desceu a montanha da vida e que, neste instante, escolhe seguir uma reta simples por saber que pode construir o possível e até mesmo o impossível, simplesmente por guardar com carinho a memória da própria história.

A neta perguntou: "Então, eu sou o futuro do que fiz?". A avó respondeu: "A todo instante...".

Eu sou uma mulher inteira com tudo que me falta e, cada vez mais, sinto a força da vida crescer dentro de mim e o destino me guiar para uma bonita expansão. Sou feita de histórias reais, que hoje sustento e honro, confiando que tudo foi pago no passado e serviu-me como um significativo caminho de ensinamento e cura.

Absolutamente nada foi em vão, agora sei que dar um *sim* a tudo que foi e a tudo que é, apesar das consequências, me trouxe alívio e uma sincera liberação das lealdades cegas e do perigoso "vitimismo" que caminhou ao meu lado por muito tempo.

Em algumas situações, a vida nos destrói com o propósito de nos "chacoalhar" no corpo e na alma e, de mudança em mudança, encontrarmos o verdadeiro sentido dela. A mudança só precisa de um SIM, assim como a renúncia, a desistência, a entrega, a liberação, a concordância e o alegrar-se com a realidade.

Aprendi que a renúncia é uma importante doação à vida, pois da mesma forma que deixamos um sonho no passado, outra realização chega para o futuro. É uma troca que dá força e faz crescer. Por exemplo, o movimento de "desistir" de um estilo de vida, de uma crença e padrão, de um propósito e valor ou de uma "missão" e destino, mudando toda a caminhada. Isso significa que o tamanho da renúncia anuncia o tamanho do novo ganho, pois a vida sempre coloca algo muito especial no lugar daquele ideal que "não era para ser"!

Por isso, a vida sabe o que dá e sabe o que tira e, se algo não está fluindo naturalmente, é pelo fato dela acreditar que outro momento ou outro sentido é melhor para os próximos passos. Em muitas situações, tomar a sábia decisão de dizer: "eu desisto de ter o que quero" acelera ainda mais os acontecimentos e, quando não nos coloca na realização de uma grande conquista, sempre nos oferece um novo jeito de caminhar, uma nova estrada e um novo *grande* destino.

O tempo ensina que não é fácil ser e fazer diferente das mulheres da família, numa proposta de vida melhor, sem sentir "culpa" ou solidão. É preciso ter consciência sistêmica para saber deixar para trás os pesos do passado e trazer para o futuro apenas o que é bom para si mesma.

Somente a mulher que suporta ser ela mesma em sua própria história renuncia ao controle e segue com amor ao sim à nova vida.

Tempos atrás, um médico muito querido me contou que os óvulos são formados no embrião no segundo mês da gestação. Naquele momento, me vi presente na gestação da minha mãe. Essa informação chegou para mim como um presente, pois mesmo não conhecendo minha avó pessoalmente, agora sei que morei em seu ventre por sete meses e a trouxe comigo em vários sentimentos, gestos e decisões. Senti, também, as memórias dela.

Como é grande a força da avó materna na vida da neta, pois sua história faz olhar para tudo que não foi possível e seguir adiante na alma daquela que continuará a cura das mulheres da família.

Por isso, é essencial olhar nos rostos das mães do passado e encontrar as dores e forças que as movem. Como continuidade da avó, a neta vê além do seu amor cego e se ilumina na evolução. Como continuidade da avó, a neta fala além da sua voz calada e encontra um lugar melhor para as mulheres da família. Como continuidade da avó, a neta sente além da dor do passado e busca no fazer diferente o conforto de poder ser ela mesma; Como continuidade da avó, a neta transforma as possibilidades e constrói a felicidade. Como continuidade da avó, a neta amadurece além da própria força e promove uma geração que cura, um pouco mais, o feminino da humanidade.

Avó e neta, mesmo com destinos diferentes, fazem parte da mesma história. Assim, a avó representa um "manual" importantíssimo para os passos da neta e, na busca por "saídas" dentro dela, como a raiz de uma árvore da qual hoje a neta é flor, ela pode receber da avó toda a nutrição para o seu florescimento.

Ainda é muito cedo para ser tarde demais

Toda mãe que entrega a filha para a mãe ou para a sogra honra o contrato de lealdade ao mantê-la na família de origem. Neste lugar, a mãe não tem força no coração da filha, mas tem força no coração da própria mãe ou da sogra.

No coração de uma filha, nem sempre se encontra o amor disponível por sua mãe, mas o amor forte, seguro e agradecido pela mulher cuidadosa que a educou e a ensinou superar importantes desafios desde a infância: a avó. Considerar a avó como mãe é ocupar o lugar de filha na vida dela e servir à própria mãe em suas necessidades. É difícil perceber que estar a serviço da família de origem é permanecer disponível para eles e que o preço dessa decisão é muito alto, pois, geralmente, perde-se a liberdade de construir o próprio caminho.

Certa vez, fiz uma Constelação que deixou claro para a cliente que a mãe, ao entregá-la na infância para o pai e para a avó paterna e seguir seu destino, realizava, ao mesmo tempo, o sonho da avó de ser mãe de uma menina e, especialmente, de ter o filho junto com ela. Nesta dinâmica familiar, estar disponível para as necessidades da avó com amor sincero de filha é o mesmo que sobreviver. No entanto, o coração dessa filha anunciará o amor interrompido pela mãe em diferentes momentos e dores profundas serão reveladas ao longo da vida.

Como é possível resolver isso? Onde tudo começou, na mãe.

A neta criada pela avó precisa vê-la apenas como avó, pois só assim conseguirá se aproximar da mãe como filha e não carregará mais nada por ela. Isso não tem nada a ver com amor e gratidão. Os sentimentos podem, sim, serem maiores pela avó, mas reconhecer a força da mãe (e do pai) é honrar a ordem e confiar na vida, sem desprezar o que está próximo e sem fugir para o distante.

Deixar de escolher ainda é uma escolha

Nem sempre nos damos conta de que a mãe cria a filha para ser uma mulher mais resolvida que ela, pois confia que isso pode dar certo. No relato a seguir, é possível observar um dos movimentos mais bonitos da relação mãe e filha: o momento em que a mãe olha para a filha e vê a mulher cheia de oportunidades que mora nela. Se a filha se vê parecida com a mãe, as pessoas a veem do mesmo jeito e a tratam como ela trata a mãe. No poder negativo da mãe, a filha não toma a força da sua história por ter a ânsia de apagá-la. No poder positivo da mãe, a filha reconhece a grandeza da sua história e sabe que é a representação legítima das suas potencialidades.

"Passeando de manhã por um parque maravilhoso perto de casa, notei que Madrid parecia a mesma de um ano antes da pandemia de Covid-19: crianças passeando de bicicleta, pessoas praticando esporte e muitos sorrisos compartilhados. Ouvi uma música alegre e a segui até encontrar um grupo de mulheres dançando zumba sem ortodoxia e acompanhando os monitores de maneira altruísta, que convidavam quem quisesse se juntar. Meu corpo era como uma grande antena recebendo a música e notei que meu quadril fazia um movimento adiante. Alguém dentro de mim queria se juntar a elas, mas não me movi. Uma voz nas minhas costas me disse: 'Vá lá, não tenha vergonha. Olhe para a minha mulher, não para...'. Era um ciclista que segurava duas bicicletas e olhava carinhosamente para mim. Reparei na mulher dele que, na última fila, se movia disciplinada, no ritmo das instruções. Agradeci os ânimos e gravei a cena no meu celular. Mas naquele momento era meu peito que queria se juntar. No entanto, eu estava ali parada. Estava me ouvindo por dentro: 'Vai...'. Não consegui e tomei consciência dos duelos que ainda moviam o meu coração. Deixei sair apenas as emoções sinceras. Já em casa, a cuidadora da minha mãe compartilhou algo parecido comigo. Que boa é a sororidade quando nos mostramos vulneráveis. Também minha mãe, de 91 anos, me ouviu ser filha, na frente dela, e ser real. Para mim, confesso que ser real é sofrer, às vezes. E sofrer é poder ter limites e, também para minha mãe, mostrar que sou pequena. Ela, lindamente grande, me disse: 'Domingo que vem você volta lá e se junta à dança com as outras mulheres. E nós vamos te ver'. Professora da vida e muitas permissões chegam nessas palavras da minha linhagem feminina".

Veja que o olhar de permissão da mãe para a filha é um dos incentivos mais fortes e bonitos da relação mãe e filha e libera um espaço na vida dela que, nem sempre, a mãe terá na própria vida. Lembre-se: toda mãe que deixou a filha nascer e a permitiu que vivesse deu esse olhar, independentemente, do teor da história. Se você quiser compreender qualquer mulher, precisa perguntar sobre a mãe dela e, depois, escutar suas histórias com atenção. Quanto mais "mãe" a filha tiver dentro dela, mais forte ela é.

Minha sugestão a essa filha foi que ela dance quantas vezes a música envolvê-la e os quadris conseguirem requebrar. Assim, a imagem de permissão da mãe será o ingresso para todas as futuras realizações. Quando ela também comemorar os 91 anos, entenderá que se escreve mãe, mas se pronuncia amor. Afinal, a mãe não *está* no caminho da filha, ela *é* o caminho.

Aprender a caminhar na relação com a mãe e não exigir a mudança dela são dois passos essenciais para a cura da filha. Na frase: "Mãe, está tudo bem você ser do seu jeito", a filha deixa de carregar cargas que não lhe pertencem e segue tranquila com a história que tem. Isso significa que metade de uma mulher é a mãe dela e, mesmo que sinta necessidade de ser diferente da mãe, o que ela traz no coração não é um sentimento isolado. Negar esse vínculo é o mesmo que enfraquecer.

Somente ao escolher respeitar os segredos da mãe e de suas ancestrais é que conflitos profundos chegam à solução. Negar os sentimentos de filha é perigoso, mas é ainda pior valorizar em excesso o adoecimento da mãe em custa do próprio valor pessoal. A filha buscadora, depois de muita cura, consegue entender que não houve no passado, e não há no presente, uma mãe adequada para as suas dores. Ela reconhece que nenhuma história difícil com a mãe é um impedimento para encontrar oportunidades melhores para a própria vida. E se ela se desanima em algum momento, sabe que é a única responsável por isso.

Nenhum conflito desfaz o elo que as uniu na existência e, exatamente por isso, quando mãe e filha se afastam pelo coração, tornam-se metade como mulher. Em um conflito, sempre há amor e, enquanto a mãe não olha para a sua dor com a filha, permanece sofrendo *com* ela. Já com a filha, é ainda pior, pois enquanto a filha não olha para a sua dor com a mãe, permanece sofrendo *por* ela.

A mãe dá à filha unicamente aquilo que é. E a filha é, com domínio, aquilo que recebeu e faltou da mãe. É no assentimento dessa realidade que a filha encontra o caminho para ser ela mesma. Por essa razão, a caminhada possível para mudar a relação com a sua mãe é mudando você mesma.

A filha que coloca na mão da mãe o poder da vida que tem, não consegue se soltar dela. Muitas mulheres suportam dores demasiadas e, sem saber o que fazer com elas, atravessam vários ciclos, presas numa longa corrente de gerações passadas. O impulso de ampliar o olhar para além da mãe e enxergar o futuro aberto, libera a filha para "tomar" a força da própria liberdade, sendo "mãe" de si mesma. Esse "tomar" é um ato espiritual, já que exige um estado de permissão maior com a vida e, só assim, a filha consegue renunciar a qualquer censura contra a mãe, pois já não é mais tão importante se houve ou não "culpa" em seu processo.

Apenas juntas, como "mulher-feita", podemos continuar bem e fazer a possível passagem da filha ferida para a mulher desperta. Somos o amor real de nossas mães! Em vista disso, somos capazes de ter um olhar ampliado para a vida delas e interpretar seus descuidos, suas cobranças, suas queixas, suas vulnerabilidades, suas preferências etc.

Essa conexão é o ponto de origem da identidade da mulher, da sensação de segurança e autonomia, dos variados sentimentos sobre si mesma, sobre seu corpo e sobre outras mulheres. *Mãe e filha* se encontram nos olhares, nas opiniões, nas queixas, nos pedidos, nas renúncias e no amor que faz parte do elo entre elas. Mesmo separadas, elas permanecem ligadas pelo coração. Deste modo, por meio da *mãe*, a filha recebe a primeira impressão de como e do que significa ser mulher. Por meio da *filha*, a mãe legitima a mulher que é.

Intuições são suas ancestrais soprando em seus ouvidos segredos de sobrevivência[19]

Desde pequena, ouvia de mulheres sábias que eu podia confiar mais nas minhas intuições do que em conselhos de outras pessoas. De fato, sempre ouvi vozes internas que me mostraram bons caminhos e que, até hoje, me iluminam e me guiam para novos passos.

Cada vez mais confio no poder das intuições e abro o coração para seguir essas orientações no sentido do que me faz bem. Não me importo se são vozes espirituais ou transgeracionais, apenas sinto que chegam pelos sons dos corações daquelas que confiam na minha evolução.

Quantas mulheres do passado sopraram decisões corajosas que nunca puderam tomar e sinalizaram caminhos que nunca puderam trilhar? Sou feita do passado de mulheres que deixaram seus ensinamentos não apenas com suas obras e seus feitos, mas com tudo aquilo que não conseguiram realizar.

Graças a elas, sinto que sou a realização dos seus sonhos mais bonitos e confio fortemente que elas se alegram com os sorrisos que dissolvem, diariamente, as dores do meu coração. Quando as ancestrais sopram em meus ouvidos, algo se abre na minha alma e a torna ampla e suave.

Para onde olha a minha intuição? Sempre para frente e para cima.

• • • • • • • • •

19 Frase atribuída a Ryane Leão.

Vem filha, senta aqui...
Pare de se doar um pouquinho.
Hoje, você não está para ninguém,
Hoje, é você quem vai receber.
Vem filha, senta aqui...
Hoje, formamos um círculo ao seu redor,
Hoje, você está sob nossos cuidados, nossos rezos, nossa energia.
Hoje, neste círculo, quem recebe a cura é você.
Vem, filha, senta aqui...
Somos suas avós, bisavós, tataravós...E as que vieram antes delas...
Somos tantas, somos muitas,
Somos o feminino, raízes da árvore que hoje você representa em flor...
E celebramos sua voz, que fala por nós...
Sua atitude, que nos liberta...
Seu sentimento, que é nossa alma...
Suas palavras, que são nossa sabedoria...
Sua coragem, que é nossa continuidade...
Hoje, deixe-se abraçar...
Vem, filha, senta aqui...
Somos as anciãs. Feche os olhos...Receba.[20]

• • • • • • • • •

20 Zobarzo, Nina. *O caos e a estrela: a travessia pela noite escura da alma*. Americana: SDMarini, 2020, p.81.

Sempre me fiz de forte na vida, especialmente no passado, quando não conhecia as Constelações Familiares. O que valia para mim era "dar conta", independentemente da situação. Quando olho para trás, vejo que "camuflei" dores profundas da alma, com expressões variadas:

- Está tudo bem, estou acostumada;
- É assim mesmo;
- Isso não é para mim;
- Deixa comigo;
- Vai dar tudo certo;
- Vou dar conta.

Hoje olho com compaixão para esse passado e troco o sentimento de ser forte "dando conta de tudo" pelo libertador sentimento de ser forte "não precisando dar conta". Apenas desse lugar, senti a verdadeira força!

Ser eu mesma se tornou mais fácil, afinal, o único movimento desafiador que eu tenho hoje é o de tentar realizar os meus sonhos mais sinceros, mas já não me cobro quando não consigo; ao contrário, acolho com carinho as minhas insuficiências.

Aprendi que o "não dar conta" é um movimento importantíssimo para encontrar a verdadeira força do coração e, se abrir para ele, é o mesmo que respeitar os próprios limites, valores, tempo e lugar. No meu lugar de filha, descobri que "dar conta" ou "não dar conta" de vivenciar uma situação difícil já não é o mais relevante, pois como filha eu tenho muito espaço para aprender.

Todos os anos, a mãe de Ana a levava para passar as férias de verão na casa da avó e, no dia seguinte, voltava para casa no mesmo trem. Um dia a Ana disse à mãe:

"Já estou crescida! Posso ir sozinha para a casa da minha avó?". Depois de um longo sermão, a mãe concordou. Despediu-se da filha, dando-lhe algumas dicas pela janela, enquanto a menina dizia:

"Eu sei... Eu sei, já me disse isso mais de mil vezes".

O trem estava prestes a partir e, então, a mãe murmurou:"Filha, se sentir medo ou insegurança, isto é para você!" Em seguida, colocou um pequeno bilhete em seu bolso.

A viagem começou e, agora, Ana estava sozinha, sentada no trem como queria, sem a vigilância da mãe pela primeira vez e se sentindo "grande". Suspirou de satisfação ao se ver livre, responsável e admirou a paisagem pela janela, observando, ao mesmo tempo, que alguns passageiros se empurravam, faziam barulho, entravam e saíam do vagão, sem parar.

O supervisor fez alguns comentários sobre o fato da jovem estar sozinha. Uma pessoa olhou para ela com olhos de tristeza. Ana começou a ter uma sensação estranha a cada minuto que passava e foi se encolhendo, se sentindo mal e, também, com medo. De cabeça baixa, frágil e sozinha, com as lágrimas caindo pelos olhos, lembrou-se de que a mãe colocou algo no bolso.

Ao encontrar o pedaço de papel, estava escrito: "'Filha, estou no último vagão!".

Moral da história, ao longo do caminho, a mãe possibilita à filha a ser uma mulher independente, a tomar suas próprias decisões, a servir à vida com dignidade, a confiar em si mesma, mas em seu interior permanece disponível no último vagão da vida. Por fim, a mãe continua necessária na vulnerabilidade da filha.

A honestidade começa quando aprendemos a dizer a verdade para nós mesmas[21]

É difícil assumir nossa parte de responsabilidade nas relações ou circunstâncias da vida. O curioso é que sentimos culpa em diferentes quadros, uma vez que se torna um peso quando causamos danos na vida de outras pessoas. Mas também se torna um peso quando temos uma vida mais próspera, mais alegre, mais saudável ou mais fácil que a de nossos pais, irmãos etc.

Na visão sistêmica, tudo é uma questão de consciência e ter a *consciência leve* significa repetir padrões de sofrimentos familiares para garantir que no "igual" (sentimentos, emoções ou comportamentos) todos fazem parte *sem* culpa.

Ter a *consciência pesada* exige aprender a fazer diferente dos sofrimentos da família, saber sustentar as próprias potencialidades e se sentir pertencente ao sistema, sem carregar a culpa que segue de geração para geração. Não existe amor pela culpa, visto que tomar a decisão de se responsabilizar liberta crenças, solta o passado e assume a própria força.

• • • • • • • • • •

21 Frase atribuída a Edith Eger.

É importante sabermos que, do outro lado, as pessoas que se sentem vítimas não possuem força por não se responsabilizarem por nada, sentirem que têm razão e, ainda assim, esperarem por mudanças.

Nós, mulheres da atualidade, somos filhas de mulheres sobrecarregadas e, por lealdade a elas, lotamos a agenda de tarefas que vão além dos compromissos de trabalho. Comprometemo-nos com exercícios físicos regulares, alimentação saudável, despesas, limpeza e organização da casa, companheirismo conjugal, cuidados, formação e bem-estar dos filhos, estudos e capacitações profissionais, terapias emocionais e espirituais, além de viagens, exames de rotina, cafezinhos com as amigas e compras em *shoppings* ou clínicas de estética.

Carregamos os reflexos dos sacrifícios das nossas ancestrais e, em função disso, pagamos um preço muito alto na própria realidade para nos sentirmos livres e verdadeiramente realizadas. Somos mulheres resistentes a pedir ajuda, pois registramos o padrão de não podermos confiar em ninguém e, por isso, sempre – *acumuladas* – resolvemos tudo sozinhas. Temos dificuldade em desligar de nossas funções para, de fato, organizarmos um tempo para conseguirmos descansar e desfrutar de momentos prazerosos. Não tenho dúvidas de que as mulheres do passado desejaram uma vida mais leve, com apoio e oportunidades mais frequentes. Se elas pudessem falar, com certeza diriam: "Eu não fugi das minhas tempestades. Fiquei para lavar a alma e, de chuva em chuva, aprendi a ser sol".

Convido você para fazer uma visualização:

Meditação: o olhar das ancestrais

Acesse a versão gravada desta meditação apontando a câmera do seu celular para o QR Code ao lado.

Feche os olhos, respire profundamente três vezes – iniciando com o expirar – e sinta os pés no chão, acalmando os pensamentos.

Esvazie-se de tudo o que você não precisa mais carregar, solte toda a intenção, tudo que está mexido aí dentro e a sua história com você mesma: a menina que você foi na infância, a jovem iludida, a mulher perdida, cheia de limites e com medo do futuro. Solte toda a resistência e vontade de se livrar de algo.

Agora, sinta no coração, a sua vontade de fazer diferente, o seu desejo de ser uma nova mulher e de sustentar a sua potencialidade.

Imagine a sua mãe na sua frente. Coloque toda a atenção em seu olhar e perceba como é olhar para ela. Veja como ela olha para você. Traga na memória tudo que vocês passaram juntas desde a infância até aqui. Sinta como você foi recebida por ela: o sonho dela era ser mãe? Ela tinha medo do seu pai ir embora? Ela não queria ter uma filha naquela fase da vida? Ela não pensava em ser mãe?

Quais foram os sentimentos que marcaram o seu coração? Perceba como eles ainda permanecem presentes. Eles são leves? São pesados? Sinta-os! Veja onde você ainda se sacrifica para receber o amor da sua mãe. Quais são as escolhas que você ainda faz por ela? O que você deixa de fazer para ter o amor dela? Agora, imagine a sua mãe criança, bem pequena, e veja a mãe dela, sua avó, atrás dela.

Perceba como é olhar para as duas. Foi o sonho da sua avó tê-la como filha? Sua avó teve medo de ser deixada pelo seu avô? Sua avó queria ter uma filha naquela fase da vida? Sua avó, realmente, pensava em ser mãe?

O que você sente ao ver a forma como a sua avó olha para a filha dela? Como a sua mãe pequena olha para a mãe dela? O que ela espera dessa mãe? Foi possível para ela receber o amor de mãe? Respire.

Solte qualquer pensamento que você tenha sobre isso. Confie na sua história.

Agora olhe atrás da sua avó e veja a mãe dela, sua bisavó e, atrás dela, a mãe da mãe dela... Todas mulheres do seu sistema familiar que também representam você. Perceba qual é a sensação de olhar para todas elas. Como é olhar para a sua história? Permita chegar tudo o que você desejou e não foi possível. Mas, agora, deixe com elas! Permita chegar tudo que você não desejou, mas que aconteceu na sua vida. Mas, agora, deixe com elas. Apenas deixe! Deixe no passado as suas ânsias, as suas necessidades, os seus julgamentos, as suas exigências, todo o seu desejo de salvar e de ter um lugar especial. Deixe tudo com elas e olhe, atentamente, as suas ancestrais e diga, de verdade:

"Sim! Para tudo que foi e para tudo que é! Sim para vocês e sim para mim! Nada foi em vão".

Sinta o que acontece no seu coração quando você se abre para o sim.

Veja elas te olhando com mais leveza e estenda seus braços até elas, sem medo, sem culpa, sem nenhum sentimento que a impeça de ter mãe, de ter avós, bisavós... E de pertencer a elas! Receba o abraço delas e tudo que estava separado volta a se unir em seu coração. Dentro de você!

E, então, você pode receber esse amor, dizendo para si mesma: "Sim, minha mãe me vê! Sim, minhas avós me veem! Sim, minhas bisavós me veem!".

Agora sou uma nova mulher, *e todas sorriem com alívio.*

Não existe amor pela culpa, visto que tomar a decisão de se responsabilizar liberta crenças, solta o passado e assume a própria força.

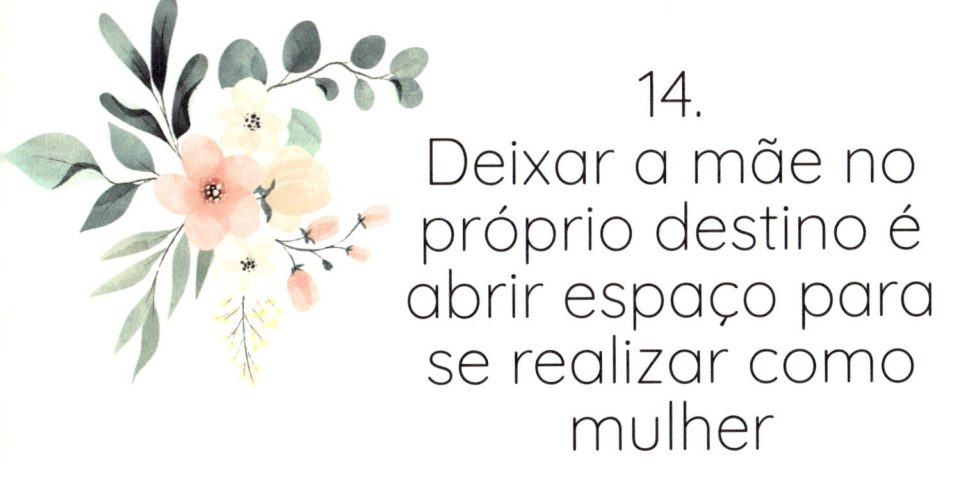

14. Deixar a mãe no próprio destino é abrir espaço para se realizar como mulher

Em geral, a filha trata a mãe como a mãe trata a própria mãe, avó da filha. E, em algumas situações, a filha se coloca como advogada da avó, mas segura dois pesos: o de julgar a maternidade dela por rejeitar a mãe, não só como mãe, mas também como filha. Ela exclui a filha da avó, assume o lugar da mãe e perde o lugar de filha. Isso significa que ora ela representa a filha da avó (sua mãe), ora representa a mãe da mãe (sua avó) e mostra o peso dessas disfunções na própria geração.

Essa dinâmica expõe movimentos ocultos que acontecem no coração das três (filha, mãe e avó) e, claramente, explica as cargas presentes no coração da filha que surgem como "desafio" para a mãe e, ao mesmo tempo, como "alívio" para a avó.

A filha, que antes exigia a mudança da mãe e protegia a avó, toma como verdade a expressão: "quando você for mãe, vai entender". Quando exerce a maternidade e percebe reproduzir o comportamento da mãe, ao mesmo tempo em que consegue ver as falhas da avó, e espera a compreensão da filha, que só vai entender quando se tornar mãe e o ciclo se repetirá. O fato é: tentar "ensinar" como educar uma filha e tentar "ensinar" como receber educação de uma mãe é um movimento que adoece a mulher e tira dela o direito de ser apenas a filha e a neta.

Respeitar a mãe (como filha e como mãe) e a avó (como mãe) é o mesmo que se respeitar (como filha) e se abrir para todas essas funções com segurança. Toda filha é parte da mãe e da avó e deve se alegrar com a nova força. Somente a filha que deixa a mãe e a avó no destino delas se abre para o sentido da vida.

Momentos antes de a minha mãe partir, ela disse: "Filha, o bem mais precioso da vida é viver bem; portanto, goste de você, cuide de você, respeite você e faça a sua vida valer a pena todos os dias". Estas palavras cresciam no meu coração, mas, ao mesmo tempo, não correspondiam àquela realidade tão sofrida. Perguntava-me como era possível a doença e a morte representarem uma força tão marcante para aquela mulher que ainda escolhia viver com saúde.

O que estava por trás daquele destino?

Por que a história dela tinha uma força mais notável – minha mãe morreu com a mesma idade que a mãe dela – do que a força das palavras sobre viver bem e continuar viva? Mesmo sem respostas, topei o "viver bem", mas não sabia como internalizar aquelas palavras para prosseguir com leveza e confiança sem me envolver com a dor do destino dela. De maneira inconsciente, iniciei um caminho próprio, cheio de desafios e tomado por cargas pesadas, que só consegui devolver, e a partir daí tomar o meu lugar, por meio de processos profundos da alma.

Costumo dizer que a morte da minha mãe foi um divisor de águas, pois antes eu me colocava como uma mulher "forte" na vida, sem ter tomado a força do meu destino. Mas hoje, ao escolher tomá-lo diariamente, sigo mais corajosa e confiante no fazer a vida valer a pena.

Quando nos tornamos buscadoras na família, é para cessar as repetições, inovar os conceitos, seguir em frente e, assim sendo, recuperar o que perdemos, encontrando novas possibilidades e um futuro aberto. Aprendi com Bert Hellinger que a perda serve à nossa transformação, libera novas energias, continua atuando e se transforma em ganhos. É assim que me sinto hoje.

"As mães não morrem, elas entardecem, tingem de nuvem os cabelos e viram pôr do sol".[22] Anos atrás, uma querida irmã do coração me enviou esta frase. Foram palavras que movimentaram sentimentos de afeição em mim, imediatamente fui tocada pela oportunidade de despedir-me simbolicamente da minha mãe durante cada pôr do sol e permanecer com a alegria de viver.

Ao contemplar o pôr do sol, sinto que ela volta para casa, e eu também, cada uma para o seu destino, ambas conectadas pelo amor. Aprendi que perder uma pessoa preciosa é o mesmo que sentir a alma e o corpo diminuírem de tamanho, mas no tempo que precisam para voltar a crescer. A filha que vivencia o luto pela mãe de maneira adequada, amadurece e recupera o que foi perdido, se torna mais forte, segura e livre

---

22 Frase atribuída a Marcos Luedy.

como mulher. Despedir-se da mãe exige muito da filha, e a vida a convida para realizar novas possibilidades de desenvolvimento, com outras tarefas e relações. Apesar de separar as almas pelo olhar, a morte não interrompe o amor que as une pelo coração.

Para a filha que se sente preparada, sugiro escrever uma carta para a mãe, falando como experimenta as novas transformações, adicionando a saudade como um presente de amor e contando sobre o valor que é concordar com a distância física dela, sem conflito interno, devido à elevação de sua proximidade espiritual como sendo a real conexão "mãe e filha".

Coloque a carta aberta ao lado de uma foto. Eleve o pensamento ao alto, faça uma sincera oração de agradecimento e, em seguida, sinta-a chegar até ela. Lembre-se: a palavra tem força, mas a oração tem poder.

Guarde o momento como um presente da vida e acolha a saudade com respeito, ternura e verdade.

A paz reúne o que estava separado

Bert Hellinger dizia que "inúteis são todos os pensamentos sobre: o que teria sido se... não foi, nem será[23]". A filha que se despediu da mãe normalmente visita o passado e encontra vivências que ainda a ferem bastante, mas que, na maturidade, consegue reconhecer que poderia ter sido diferente. Cenas desagradáveis a convidam para despertar, amadurecer e a encontrar um novo jeito de ser, que não será utilizado com a mãe, mas consigo mesma. A mãe continua viva no coração da filha

● ● ● ● ● ●

23 Frase atribuída a Bert Hellinger, extraída do livro: *Ordens do sucesso*.

e nada preenche a falta da convivência, independentemente da maneira como ela seguiu a morte.

É importante que a filha reconheça que não existe morte melhor ou pior que a outra, todas são difíceis e respeitar essa dor em forma de "impotência" é dar tempo para o próprio crescimento. No relato a seguir, é possível sentir a dor no coração de uma filha que desejou, e ainda deseja, construir uma nova história com a mãe.

"Como eu queria ter tido contato com as constelações quando minha mãe ainda era viva. Me cobrava ser a melhor amiga dela, me contava toda a 'desastrosa vida amorosa com meu pai', queria que eu contasse tudo sobre minha vida amorosa, mas quando eu contava, ela não admitia e, geralmente, brigava comigo por ser extremamente ciumenta. Certo dia, ela me ligou pra contar que tinha brigado com meu pai e ele a tinha agredido, dez minutos depois, ela se matou. Carreguei e, por mais que já tenha evoluído muito, ainda carrego muita coisa da minha infância e adolescência".

Essa realidade convida a filha a olhar para além das dores da mãe, seja na relação com o pai, ou na morte, e aprender a "soltar" suas mãos no abismo do próprio destino. A morte da mãe desprotege a filha, especialmente na infância, por isso, ampliar a consciência sobre o que está por trás disso é essencial para a cura da filha como mulher.

A mãe é o nosso primeiro amor e, em função disso, fazemos de tudo para ser o centro do amor dela também. A filha considerada "corajosa" adoece e se "mata" pela mãe, pois não suporta vê-la em sofrimento e, muito menos, perdê-la para a morte. Já a filha considerada "covarde", reconhece que o destino difícil da mãe é maior que ela mesma e não se atreve a "salvá-la", pois sabe que é pequena demais para segurar suas dores.

Depois de superar essa dor, é preciso saber conviver com a vontade de ter feito diferente e, só assim, "o sentimento de paz reúne o que estava separado". É importante que a filha fique *viva*, mesmo ante o movimento de morte da mãe.

O fato é que a mãe que adoece, sem força de vontade para reverter o quadro, acaba desistindo da vida e mostra uma realidade pesada e difícil para a filha. Porém, nenhuma filha está preparada para se despedir da mãe.

No relato a seguir, vamos conhecer a história de uma filha que tentou "salvar" a mãe, sem êxito, e entrou para um quadro de "culpa", no qual as queixas reforçam o abatimento de sua alma que se vê substituída pela necessidade de cuidar da família e sente perder o tempo que teria para seus próprios cuidados e projetos, junto a uma sensação de delito por desejar que tudo isso acabe.

"Apesar da relação com a minha mãe ter sido de muito amor, sempre me senti sugada, pois ela sofria de crises de ansiedade e depressão, as quais traziam um clima de muita instabilidade familiar. Hoje sinto que a minha história poderia ter sido mais leve, pois sempre me senti responsável por ela, principalmente depois de sua morte. O fato é que sempre me senti em dívida, buscando encontrar o que mais eu poderia ter feito para ela. Tenho muita dificuldade em entender todo esse processo, mas depois que conheci a constelação familiar, algo mudou dentro de mim e é como se surgisse uma luz no fim do túnel."

O olhar desperto da filha amplia e ilumina a visão para caminhos seguros que acontecem de dentro para fora em seus novos passos para o futuro. Não é simples, mas somente a filha que diz internamente para a mãe: "Mesmo que você morra, eu fico viva", consegue fazer diferente dela, seguir um destino mais leve e homenageá-la na própria satisfação.

Certa vez, uma seguidora me procurou e fez a seguinte pergunta: "Como posso enfrentar o diagnóstico difícil da minha mãe, permanecendo no papel de filha adulta?". Senti a dor dessa filha e visitei a minha história.

Lembrei-me de quando minha mãe chegou em casa chorando e me contou que o médico fez duas punções agonizantes nela e lhe disse com todas as letras: "A senhora está com alguma doença grave. Só não a encontramos ainda". Fiquei furiosa com aquele médico, voltei em seu consultório com ela e lhe disse com todas as letras: "Nunca mais seja grosso com a minha mãe e, se tiver algum diagnóstico difícil, por favor, fale diretamente comigo ou com o meu pai".

Eu não sabia que estava agindo como a *mãe da mãe* e como a *salvadora* que, com o propósito de cuidar de tudo, me colocava a serviço dela. Eu não sabia que, naquele momento, com aquela postura, estava deixando a minha vida de lado por não suportar ver o sofrimento dela. Sentia-me grande o bastante para dar conta daquele desafio familiar. Ela foi diagnosticada com um câncer muito grave e, hoje sei que, ao sair do meu lugar de filha, discordei do destino difícil dela, desprotegendo o meu.

Foram seis anos até a morte dela. Em todos os momentos, a família recebeu ajuda. Não faltou nada. Não faltou ninguém. Hoje agradeço especialmente àquele médico que nos "acordou" de um padrão familiar. Para a filha que deseja enfrentar com maturidade o adoecimento da mãe, o melhor caminho é confiar no destino difícil dela e permanecer como filha. Não tenha medo da doença, pois ela está a serviço daqueles que foram excluídos no sistema familiar e promove a inclusão, mesmo que internamente.

Olhe para além da mãe doente e veja sua dignidade na serventia a todo o sistema. Agradeça sua grandeza ao proteger sua descendência. Toda doença é saudade do lar, assim, confie em sua mãe, confie em sua história familiar e tenha um coração grato e satisfeito, cuidando bem de você.

Mas outro desafio que experimentei como filha nessa fase foi quando ela olhou para mim e disse: "Eu não tenho nada, não estou doente e os próximos exames vão provar isso. Deus vai me ouvir!".

Na hora me entristeci, pois me vi pequena, ainda assim olhei nos olhos dela e disse: "Mãe, se você não olhar para a doença, vai permanecer doente, a cura só pode chegar para o coração que se abre para a mudança". Eu ainda não conhecia a Constelação Familiar, mas sentia que o único jeito de acompanhar aquela realidade era respeitando a doença e ficando disponível para o tratamento. E assim, minha mãe e nós, sua família, enfrentamos o tratamento, novos diagnósticos, várias conquistas, muitas mudanças e uma aprendizagem sem explicação.

Aprendi que toda família que abre a porta do coração para receber uma doença, sem medo e pena do doente, também se abre para o movimento de crescer com ela. Aprendi que a maior força da pessoa doente é se manter viva com decência, honrando a saúde com o que é possível, mesmo nos dias de baixa, se alimentando com respeito, fazendo atividade física e buscando equilíbrio emocional e espiritual para olhar e amadurecer com os próprios limites.

Confesso que nem imagino o quanto a minha mãe se curou em seu processo para, depois, calmamente, conseguir olhar para a morte e segui-la em paz. Hoje a morte dela não significa fim para mim, é a cura da maior herança que recebi dela: "escolho ficar viva e ser saudável". Aprendi que é possível viver a dor sem o sofrimento.

Ter luz não é sobre brilhar. É sobre iluminar!

Somente a filha que tem o compromisso de auxiliar a mãe nos cuidados diários de sobrevivência, seja por adoecimento ou por velhice, sabe que é preciso muito mais que teorias terapêuticas para enfrentar o cansaço físico e emocional. Em minhas reflexões, tenho batido muito na tecla de como ser essa filha, respeitando as seguintes orientações:

- Seja *apenas* a filha, a pequena, e não se envolva emocionalmente com as dores da mãe;
- Dê *apenas* o que você tem, retribuindo aquilo que tomou da mãe a partir da vida que lhe foi dada;
- Tenha gratidão diante da vida e se coloque na ajuda com honra pela história da mãe;
- Não brigue com o destino da mãe e suporte vê-la num quadro de limites que também lhe oferece aprendizagem, respeito e dignidade.

Cuidar da mãe idosa e doente não é um compromisso fácil para a filha que ainda procura pelos cuidados da mãe consciente e ativa que, infelizmente, não existe mais. Na inversão dos papéis, a filha passa a ser ativa na relação com a mãe e precisa de muita compreensão, concordância e renúncia, e a mãe passa a ser passiva na relação com a filha e precisa de muita humildade, concessão e sabedoria.

Stephan Hausner disse que, nesses quadros, somos uma espécie de "mãe da mãe", mas que tudo é uma questão de postura e de como nos colocamos na ajuda.[24] A filha pode seguir um manual sofisticado para garantir os melhores cuidados de sobrevivência da mãe, mas, no final, quem escolhe se vai seguir o tratamento, se vai se alimentar com respeito, se vai se colocar disposta para as atividades de recuperação ou de repouso necessário, se vai se manter lúcida, serena, confiante e desejando viver com qualidade de vida é a própria mãe.

Eu sei o quanto dói, desgasta, fere, preocupa e consome o coração da filha que quer o bem da mãe e não tem o retorno dela. É preciso buscar uma rede de apoio, aprender a se relacionar com a mãe, não abandonar a própria vida e, especialmente, ter a certeza de que o maior respeito com relação aos pais, é deixá-los ir.

Cada semente precisa desenvolver-se onde caiu, não pode escolher o lugar[25]

Muitas vezes desejamos mudar de vida e apagar nossa história, sem ela, porém, não é possível continuar. Fazer algo novo a partir do presente só é possível se reconhecemos e honramos o passado, afinal, ele é a força que nos impulsiona para frente. O passado serve à vida guardando tudo que já se encerrou e, ao mesmo tempo, serve à morte concluindo tudo que já começou. É um movimento de começo e fim em que tudo permanece. Todo passado é bom e, às vezes, ficamos enfeitiça-

• • • • • • • • • •

24 Frase atribuída a Stephan Hausner no Workshop presencial *Mesmo que custe a minha vida*, em Valinhos, 2021.

25 Frase atribuída a Bert Hellinger, extraída do Livro *Amor à segunda vista*, p. 177, Ed. Atman.

das por ele, pois mesmo com as histórias difíceis, ele nos faz ganhar. O futuro, no entanto, tem muito mais força.

Quando Bert Hellinger disse a frase: "cada semente precisa desenvolver-se onde caiu, não pode escolher o lugar", nos mostrou a força da família como a certa para cada uma de nós. Isso significa que gostar ou não dos pais e familiares, da infância ou da juventude, exige que os reconheçamos com respeito e gratidão por tudo que chegou deles, pois representam o nosso começo.

Somos melhores hoje porque adquirimos novos conhecimentos, boas energias, vivências inesperadas, relacionamentos mais saudáveis, superações honrosas e profundas transformações que nos ensinaram a dar um bom lugar para as perdas que um dia conhecemos. Tudo isso foi possível exatamente porque um dia tivemos despedidas difíceis, "fracassamos" em nossas funções, desistimos das nossas metas, olhamos para o lado com incômodo, nos julgamos incapazes, criticamos nossas falhas e sentimos o vazio da alma em nossas "não ações" (impotências). Mesmo assim, encontramo-nos persistentes no caminho.

"No perder, às vezes, podem surgir uma liberdade e uma luz desconhecidas. É como se a vida cuidasse de nós não só na expansão, mas também, na retração"[26], disse Garriga. Somos, então, feitas da nossa história, e nela todos os acontecimentos tiveram seu próprio tempo e nos fizeram crescer. Já em nosso presente, é certo que o tempo é o agora. De acordo com Bert Hellinger, "cada coisa só tem no tempo o seu próprio tempo. Ela dura somente a seu tempo e também cessa a seu tempo". (2014, p.152). Faça-se no

---

26 Frase atribuída a Joan Garriga, extraída do livro: *A chave para uma boa vida*. Editora Planeta.

agora e um dia terá história para contar. Afinal de contas, o futuro é uma gigantesca mãe.

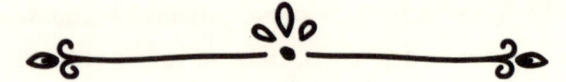

Quando você não se alegrar com a vida, lembre-se de que todas as mulheres que vieram antes, sonharam com você. Quem não sonha com um futuro melhor?

Independentemente das histórias, as mulheres do passado fizeram o melhor e viveram significativas restrições para que nós, mulheres da atualidade, desfrutássemos de uma vida com mais qualidade. Imagine como seria se você tivesse que viver como sua mãe, avós e bisavós viveram. Já pensou em se colocar no lugar delas?

Veja no espelho o que a sua mãe te deu e faça algo de bom com isso.

Sermos apenas filhas, netas e bisnetas é confiar em cada história, boa e ruim, que construiu a nossa linha de mulheres. Ter mais espaço para fazer as coisas darem certo, mais leveza para sentir a vida com tranquilidade e mais amor-próprio para se colocar em primeiro lugar é levar o melhor das mulheres da família em nosso coração e ser a realização dos sonhos delas.

A cada conquista da sua vida, olhe para trás e dê uma piscadinha para a mamãe, avós e bisavós e diga: "Eu consegui com a força de vocês". Para a filha voar alto, é preciso que ela desista das bagagens pesadas da mãe.

É importante que a filha saiba que a conexão com a mãe só pode ser estabelecida por ela, afinal de contas, de onde mais ela nasceria? Somente da mãe! Nada é maior do que isso, mesmo sabendo que o amor de filha dói quando a mãe não faz mais por ela. A filha que não consegue agradecer a mãe por estar viva, não deve cobrar de ninguém.

Um exercício que esvazia a alma de sentimentos destrutivos é se conectar com as mulheres de sua linhagem materna e reconhecer tudo que elas viveram de mais difícil para você estar aqui hoje. Com a alma ampliada, sinta como é representá-las em suas histórias e apenas acolha o que foi e o que não foi possível para elas.

Lembre-se, você é a menor delas – a que chegou por último – veja sua mãe maior que você, sua avó maior do que ela e, em seguida, as anteriores representando as maiores gerações do seu sistema familiar.

Se o que você desejava não aconteceu em sua história, solte!

Se o que você *não* desejava aconteceu em sua história, solte!

Sinta como é soltar as suas necessidades, críticas e ânsias de fazer por elas e, aos poucos, deixe essas cargas no passado, confiando em seus destinos e promovendo ao seu próprio destino um novo *sim à vida*. Depois da ação, chega a realização.

A cada passo que avanço no caminho de deixar meus pais no destino difícil deles, aos poucos, vou concordando com os meus limites de filha. Destaco, em especial, a minha "incapacidade" de retribuir tudo que fizeram por mim. Reconheço que, diante da grandeza deles, sinto-me pequena e incapaz como filha e que no amor cego sempre sentirei aquela "culpa" de quem acha que podia ter feito um pouco mais. Por isso, a ordem que equilibra a relação pais e filhos está exatamente nessa "incapacidade dos filhos". Mas, entre todos os pais e filhos, nunca haverá a troca de um lugar pelo outro.

Afinal, como os filhos podem retribuir aos pais? Dar a vida não tem troca e, por isso, os filhos sempre vão ser os pequenos. O máximo que a filha consegue fazer pela mãe é cuidar de si mesma como mulher e garantir que ficará viva para multiplicar a vida em seus filhos, projetos e realizações. Como li um dia, "a dívida de gratidão que temos com nossos pais segue aumentando e não diminuindo". Acrescenta Garriga, "aceitar nossos pais e honrá-los como são têm consequências, a principal delas é nos comprometermos com a vida que temos".[27]

É mais fácil colocar a responsabilidade no outro ou em alguma situação, visto que assumir a própria decisão exige força. Na inocência, nos sentimos amadas, aprovadas e reconhecidas em nossa melhor parte. Mas, como resultado, não temos força para nos transformar. Na responsabilidade, nos sentimos vulneráveis, observadas e, por que não, avaliadas em nossa pior parte. Porém, somente o responsável tem força para se transformar.

Quando Stephan Hausner nos mostrou que "assistir a uma peça de teatro, não tem a ver com a peça, mas com estar no teatro",[28] fechei os olhos, senti as palavras e olhei para toda a minha história.

Comecei pela infância, em minhas fantasias; mais tarde, olhei para a juventude em minhas trocas fáceis e difíceis; mais recente, entre a fase adulta e a mais madura, olhei para eu mesma e percebi o quanto a atualidade já me pede presença,

• • • • • • • •

27 Frase atribuída a Joan Garriga, extraída do livro: *Onde estão as moedas? A chave do vínculo entre pais e filhos*. Editora Sim à Vida.

28 Frase atribuída a Stephan Hausner no Workshop presencial *Mesmo que custe a minha vida*, em Valinhos, 2021.

silêncio e um pouco mais de calma. Percebi que não é sobre o que chegou ou faltou da minha história, mas é sobre o que cresci com ela. Percebi que nessa peça chamada "vida", basta estar viva e ser responsável pelo próprio espetáculo.

Para que a mulher consiga alcançar a individualidade e se sentir inteira, a mãe deve começar a "separar-se" da filha ainda na juventude para completar a separação da própria mãe. Um movimento que exige cruzar uma longa trilha entre o ser filha e o ser mãe, com muitas consequências. Para a mãe que tem dificuldade em "deixar" a filha, separar-se dela é o mesmo que se sentir desnecessária e sem importância, já que carrega o instinto de protegê-la.

Para a filha que tem dificuldade em "deixar" a mãe, separar-se dela é o mesmo que se sentir culpada, sem força e sem gratidão, pois tem medo de perder seu amor. Somente quando mãe e filha conseguem respeitar a individualidade uma da outra, é que se tornam mulheres plenas. Concordo com Garriga que disse que "as dificuldades podem ser muito úteis para nós. Talvez não as desejemos, mas precisamos delas"[29].

O que aconteceu com a mãe pode durar uma vida inteira no coração da filha. Mas a filha que costuma interferir na vida dela tenta protegê-la das consequências de suas escolhas e não consegue aceitar a sua realidade. Como já refletimos, ver a mãe vivenciar um acontecimento ruim exige maturidade e muita renúncia por parte da filha, pois a mãe só terá um futuro digno se puder enfrentá-lo.

Isso posto, toda mãe tem a força para o problema, e tem, também, a força para a solução. A filha que viveu a vida intei-

- - - - - - - - - - -

29 Frase atribuída a Joan Garriga, extraída do livro: *Dizer sim à vida. Ganhar força e abandonar o sofrimento*. Editora Sim à Vida.

ra misturada na mãe, ao tentar assumir a própria vida na fase adulta, sente medo da morte. Essa "morte" é um símbolo da impotência da filha que não se sente o suficiente para cuidar de si. A sensação de perder a proteção da mãe a faz renunciar o que é familiar, seguro e conhecido. Uma espécie de direcionar-se para a "terra do nunca", na qual ela imagina seguir por um caminho de sofrimento para se tornar mulher, pois a vida não saiu conforme a mãe – ou ela – planejou.

Mesmo que pareça doloroso "deixar" a mãe no próprio destino, esse estado de permissão exige um desenvolvimento pessoal aprofundado, para descobrir quem ela é além dos cuidados da mãe. Se a vigilância de estar sob o olhar da mãe é interrompida, há essa "morte" que faz a filha renascer uma nova mulher.

Somos, de fato, todas parecidas com nossa mãe e não podemos negar. Todas nós, numa postura crítica ou salvadora, em algum ciclo da vida não concordamos com ela sobre suas dores. Acabamos repetindo padrões em histórias que nem sempre são iguais, mas que carregam os mesmos efeitos de sentimentos e emoções.

Cada vez mais observo que a mãe internalizada passa a funcionar como uma espécie de "voz permanente" na consciência da filha, aumentando a lealdade às suas crenças e opiniões. Na busca pelo pertencimento, algumas filhas seguem com atitudes destruidoras na relação com elas mesmas, agindo como a mãe, sem perceber. Por isso, é essencial saber separar o que é da mãe e o que é da filha – que pode mudar ou morrer –, pois esta mãe interna continua viva no coração da filha, no julgamento ou no agradecimento.

A dor percorre as famílias até que algum descendente esteja pronto para senti-la[30].

30 Frase atribuída à Stephi Wagner.

15.
A mãe é o começo de toda filha, mas é importante que a filha saiba continuar

O caminho longo da filha até a mãe, de maneira real e não idealizada, a convida para caminhar em busca de si mesma e encontrar somente o que é dela. Nem sempre a filha enxerga o caminho da cura em sua mãe, mas tudo começa na caminhada que faz com ela.

Esse é um movimento de dentro para fora e a força de se tornar uma mulher saudável depende de como a filha recebe a vida da mãe e se relaciona com ela. A sua dificuldade com a mãe pode ser muito útil para ela, talvez não a deseje, mas precisa dela para chegar ao desaparecimento das dores de uma geração inteira de mulheres.

No relato a seguir, é possível ver que a filha costuma repetir tudo o que foi ruim para a mãe.

"Minha menarca veio quando estava a caminho da praia, aos 11 anos. Tudo foi frustrante para mim, pois passei a odiar a menstruação. Tinha nojo do sangue e, apesar da ausência das cólicas, a menstruação não foi um ciclo natural para o meu 'ser mulher'. Assim que consegui, usei absorvente interno, para nunca mais ter contato com ela. Quando chegou a menopausa, senti alívio. Mas a vida nos ensina de variadas maneiras. Tempos atrás, acompanhei o processo da minha filha, que menstruou também aos 11 anos, num domingo ensolarado de piscina. Confesso que ainda prefiro não menstruar, mas o fato é que a minha filha também não gosta e age com nojo, revolta e tristeza, assim como eu. Fiz tudo parecer bom (como minha mãe fez comigo) para que ela visse a menstruação de uma maneira bonita: parabenizei, dei presente e contei toda a história anatômica e fisiológica da importância do que é 'ser mulher'. Mas quando a história não soa verdadeira, não tem força. O tempo passou e estou buscando minha cura como mulher. Então, quando ela pediu que eu lavasse a calcinha dela, a convidei para fazermos juntas: 'eu lavo e você fica comigo'. Consegui lavar na frente dela (sem fazer careta) e coloquei a calcinha num baldinho com água, em seguida, jogamos a água juntas na flor escolhida. Admito que ainda tive nojo, mas ao ver a carinha dela espelhada na minha, um novo sentimento nasceu em mim. Senti que agora estou presente e agindo com verdade, percebi que começo o resgate do meu feminino quando olho para o feminino da minha filha. Duplamente um novo começo se faz: eu, na menopausa, e minha filha, na menarca".

É no coração da mãe que a cura da filha começa, pois toda mãe atravessa os próprios limites pela maternidade e, neste caso, a mãe só conseguiu honrar o sangue que se moveu dela para a filha na própria filha. O início da cura começa na mãe, mas será na filha que a cura como mulher continuará.

Minha menina,

Agora eu vejo você!

Que força você teve para me trazer até aqui, sã e salva, depois de tantos processos.

Que coragem você teve para atravessar a fase mais difícil das nossas vidas, ao chorar um vazio desconhecido no caminho do ser mulher, ao gritar as dores silenciadas das mulheres da família, ao mostrar em seu próprio corpo os segredos dos nossos pais, ao sonhar alto demais a ponto de fazer diferente nos estudos, os quais, hoje, servem à nossa carreira, ao acreditar na busca obstinada pelo amor-próprio e ao se abrir para ficar de frente a tantos outros desafios que, um a um, foram superados.

Quanta admiração, amor e respeito eu sinto por você, minha menina de ouro.

Que bom que foi você!

Muitas vezes, o silêncio da mãe é a maior distância entre ela e a filha. A partir dele, a filha relata sua dor por não compreender os motivos que conduzem a mãe a não partilhar suas histórias, vivências, sonhos e emoções e, especialmente, a não manifestar o que sente por ela.

A filha sente um profundo vazio na alma pelo que não foi dito pela mãe e busca sons que vão além do silêncio dela. Em algumas circunstâncias, a filha se culpa por não se achar merecedora do amor da mãe, já que passa uma vida inteira tentando salvá-la do discreto adoecimento.

No silêncio da mãe, mora a história dela. E é a partir daí que a filha grita e manifesta as dores da mãe em sua própria história, construindo capítulos inteiros em busca de um final feliz para ouvir dela: "Filha, você é a minha escolha certa. Eu te amo". Nessa expressão, a filha encontra tudo que a moveu por muito tempo e continua o seu caminho de ser mulher em paz.

E se eu afirmar que, mesmo que você nunca ouça essa expressão da sua mãe, de maneira inconsciente, ela assume essa verdade? Se você nasceu, cresceu e está lendo este livro agora, como uma mulher na postura adulta, com certeza, ela manifestou essa verdade para a vida, ao permitir que a escolha de ser sua mãe fosse a certa.

Sentir que ainda falta algo da mãe e achar que tem o direito de cobrá-la é o mesmo que não confiar em tudo que construiu com amor até aqui. Nós, mulheres, somos as nossas dores. Juntas as transbordamos nos processos de cura e nos transformamos em almas melhores, capazes de encontrar tudo que precisamos em lugares, pessoas e situações diferentes. É importante sabermos que o amor real não deseja nada em troca e, é a partir dele, que vemos os nossos processos claramente. Tudo que um dia nos feriu nos transformou em mulheres experientes e hoje continuamos o caminho daquelas que vieram antes de nós.

As histórias difíceis com a mãe nunca nos impediram de encontrar oportunidades melhores para os nossos caminhos e, se em algum momento paramos a caminhada, é porque olhamos mais para trás, em vez de seguirmos em frente. Ao evitar o amor da mãe, a filha evita o seu "amor-próprio" como mulher. Ela deixa de sentir a força do amor que chegou para ela e fica congelada no que recebeu de trágico ou que nem recebeu. Nada acontece sem a força do *sim* e, em geral, ele nasce de dentro para fora, no silêncio. Já se perguntou quantas histórias difíceis estão guardadas no silêncio da sua mãe? Olhe para isso, também em silêncio, reconheça-a, honre-a e aprenda a "suportá-la" em sua integridade de *ser* e *fazer* como ela consegue.

As duas grandes tarefas da mulher como mãe são estabelecer uma unidade com a filha de forma harmônica e, posteriormente, dissolvê-la harmonicamente. (DEUTSCH, 1925).

Essa harmonia é uma dança de cuidados da mãe com a filha que vai se movimentando, desde a infância dela, com passos de vivências e ensinamentos que, nem sempre, causam dor.

Mãe e filha, após rodopiar conquistas e alegrias, dar saltos ousados e arriscados e refletir balanços individuais e coletivos, naturalmente, vão seguindo coreografias já num ritmo diferente.

É o tempo e o espaço de cada uma, dos quais a mãe vai se despedindo desse palco em que conduziu belíssimas apresentações e a filha vai se transformando de bailarina à dançarina, de aluna à professora e de menina à mulher.

Ninguém humilha uma mulher consciente das próprias feridas e fracassos

A decisão de abrir o coração para se conhecer é um ato corajoso, dado que acordar o inconsciente exige muita força de vontade. Muitas mulheres têm medo de visitar as feridas emocionais justamente por saberem que, a partir delas, a mudança vem como um movimento contínuo e não detém enquanto a alma vê. Mudam-se os pensamentos, os sentimentos e as ações assim como os olhares, a postura e as escolhas que chegam para a "nova vida". É um caminho sem volta.

Quando me perguntam o que ganhei com a busca do autoconhecimento e a percepção das causas das minhas dores mais significativas, respondo: "Eu ganhei paz". Essa consciência não garantiu o fim dos meus problemas, mas me permitiu vivenciar episódios desafiadores sem drama (autopiedade), julgamento (busca por culpados) e, hoje, consigo me acolher com carinho e autêntica gentileza.

Por essa razão, digo que ninguém consegue humilhar uma mulher consciente das próprias feridas e fracassos, pois ela tem amor-próprio bastante para não deixar o temporal do outro invadir a sua tranquilidade.

O meu processo de mudança me conduz para o que realmente acalma o coração, purifica os pensamentos, fortalece o equilíbrio emocional, eleva o espiritual, enobrece os olhares, refina as ações e movimenta os dias. Quando iniciei o meu desenvolvimento pessoal, vivi o processo da mudança sem reconhecê-lo e, em muitas situações, achei que as pessoas tinham mudado comigo. Mas não era sobre as pessoas, situações, ou sobre o passado, mas sobre os novos sentimentos que se moviam dentro de mim. Então, percebi que era eu quem estava mudando.

Uma cliente muito querida, após chorar sua dor de maneira acentuada, me disse que se considera incapaz de mudar, pois se vê presa numa história sem final feliz. Pois, então, olhei nos olhos dela e disse: "o caminho da mudança está aberto para o amor que vê e suporta percorrer a verdade mais sincera da alma, seja no seu céu ou no seu inferno. Fique sossegada, pois o processo de mudança é como fechar os olhos e ouvir uma música que te leva para longe. Quando ela acaba, você abre os olhos e já não é mais a mesma pessoa".

Que alegria é dar um passo de cada vez e descobrir um lugar aconchegante dentro de si, capaz de ser um caminho de amar e de amor, pois o que é certo não tem pressa. Quando eu mudo, ninguém mais precisa mudar.

A força da mulher está na alma, para vê-la, basta olhar o brilho nos olhos. Se o brilho está forte, independentemente de estar produzida para uma festa ou estar na cama de um hospital, a alma dela está conectada com a força vital. Se o brilho está fraco, independentemente de ser a mulher mais linda, mais bem-sucedida, mais desejada e mais inteligente de todas, a alma dela não está conectada com a força vital.

Não é sobre ser a mais forte, a mais bela, a mais rica, a mais capaz, mas sobre ser a mulher que vive a sua vitalidade com a alma aberta para o *sim*. Isso significa que, ao abrir a alma para o *sim*, a mulher consegue entrar em si mesma e aprende a suportar as consequências, que, boas ou ruins, sempre vão andar de mãos dadas, pois não se ganha sem perder, assim como não se perde sem ganhar.

Cada mulher tem o seu lugar no mundo, a marca da sua força e o seu destino. Por esse motivo, ela não precisa só dos bons momentos e das grandes conquistas e alegrias para ter brilho nos olhos.

- O brilho nos olhos é a alma em paz com seu lugar.
- O brilho nos olhos é a alma consciente com sua realidade.
- O brilho nos olhos é a alma agradecida com sua história.
- O brilho nos olhos é a alma resignada com seus limites.
- O brilho nos olhos é a alma alegre com seus ciclos.
- O brilho nos olhos é a alma aberta para o futuro.

Toda mulher sustenta a vida e a nutre com a energia do seu servir. Tenha filhos ou não, ela está conectada com a força da criação, com a união da humanidade e com a paz que começa em seu coração. Isso acontece porque nenhuma mulher foge do destino quando o assunto é doação, em razão de, uma hora ou outra, atravessar situações em que doa o próprio amor muito mais para a vida do que para si mesma. Então apenas seja. Seja a mulher que consegue ser, seja a mulher que veio para ser e seja a mulher que escolhe ser.

Ninguém vai reparar nas "rugas" enquanto tiver brilho nos olhos. Nas lágrimas, também, existe esperança.

Quem é grande renunciou[31]

Quando pensamos numa mulher muito bonita ou muito capacitada intelectualmente, estamos pensando em alguém que possui as características de um mulherão. Nem sempre – nos tempos atuais, em que a ostentação das conquistas físicas e materiais são requisitos para ter poder – consideramos a qualidade do mundo interno como uma força que representa o status de "mulherão".

No livro *Onde andará Dulce Veiga?*, Caio Fernando Abreu retrata a história ficcional de uma cantora dos anos 1980 que desaparece na noite da estreia mais importante de sua carreira. Essa estreia a transformaria numa grande estrela e mudaria

---

31 Frase atribuída a Bert Hellinger, extraída do livro: *Liberados somos concluídos,* p. 15. Editora Atman.

a vida da cantora para sempre. No romance, o desaparecimento de Dulce Veiga se torna um mistério, pois ela nunca é encontrada, o que deixa as pessoas intrigadas até esquecerem-se dela. Após vinte anos, um repórter passa a investigar o desaparecimento e encontra a filha de Dulce Veiga, que o ajuda a encontrá-la. A cantora morava num sítio, no interior do Brasil, e vivia uma vida simples e anônima, que lhe permitia cuidar do jardim, das hortas e dos animais que a enchiam de alegria. Para a surpresa do repórter, na entrevista, ela confessa ter desistido da grande estreia e ter preferido ficar com a própria verdade, que não era a fama, o sucesso, a beleza, o dinheiro nem as turnês, mas "estar ao lado de si mesma" como referência ao ato de se escolher em seu único destino.

A narrativa de ficção nos convida a refletir sobre a capacidade da mulher de fazer escolhas simples para a própria vida e, ao mesmo tempo, ser um mulherão no significado mais honroso da palavra: *ser uma grande mulher*. Estar consigo mesma, respeitando a própria insuficiência, acolhendo a carência, fortalecendo o autoamor e dando tempo ao tempo para que o próximo passo em direção à vida aconteça é, naturalmente, *ser um mulherão*.

Mas ser engolida pela máquina das curtidas nas redes sociais e pela corrida destruidora visando se tornar o modelo proposto pelas mídias, conseguindo os famosos "15 minutos de fama", faz com que muitas mulheres deixem de ficar com elas mesmas e, mesmo se sentindo inspiradoras, incríveis e até mesmo extraordinárias, sigam um caminho solitário construído por imagens nem sempre reais.

A mulher que consegue ser ela mesma é, *sim*, uma grande mulher dos óvulos, dado que até mesmo o termo "mulherão da porra" deve ser repensado.

Aos poucos, fui percebendo que amadureci com o passar dos (d)anos, pois as minhas perdas me deram muitos ganhos ao longo da vida. Aprendi a compreender que nada foi em vão e saber crescer com os danos foi, até agora, a melhor decisão que tomei para aproveitar o tempo.

Não busquei fórmulas mágicas e não fiz nada a mais que dar um sim à realidade, (suportando) cada "perda" que mostrou meus limites, me fez silenciar, acalmar os "ânimos", ser paciente e (sustentando) cada "recomeço" que me ensinou a falar mais baixo, curvar a cabeça, se necessário, agir com ponderação e sempre usar as palavrinhas mágicas "por favor" e "obrigada", cabem nas melhores relações.

Ser mulher é percorrer um longo caminho entre a menina e a idosa e saber caminhar para dentro de si diariamente.

Na infância, a velha deu passos ágeis que atravessaram o mundo dos sonhos até chegar à realidade. Não é simples para uma criança que carregou tantas fantasias e, aos poucos, as deixou para trás. Na juventude, a velha deu passos fortes que resistiram seguir modelos antigos, mesmo de forma silenciosa, até se transformar em sua nova versão. Um desafio para a jovem que carregou ideologias que representaram os avanços da sua geração. Na maturidade, a velha deu passos seguros e inseguros que foram responsáveis por movimentos que transbordaram para além dela. A verdadeira obra de *ser mulher*, em resumo, é saber identificar as dores e soltá-las em seus ciclos com anuência e permitir a continuidade da sua história.

Nenhuma mulher saudável nasceu saudável, foi preciso vivenciar muitas dificuldades, especialmente na função filha, para que essa saúde da alma pudesse amadurecer. É preciso saúde mental e emocional para separar a própria individualidade da individualidade da mãe e seguir a força de ser apenas a filha.

Ser mulher é carregar as marcas de todas as mulheres que vieram antes e saber encontrar a própria diferença. Ser mulher é transformar a sua lagarta em borboleta e saber que nas fases desafiadoras da vida ela não está perdida, apenas mudando. Ser mulher é maternar as relações com o coração aberto para o amar e saber cuidar de si com o próprio amor inteiro. A cada passo, vamos entendendo os limites, os desafios, as zangas, as preocupações, os medos e todos os outros sentimentos e necessidades professados pela mãe. E agradecer os desvelos, os sacrifícios e o tempo em forma de doação. Chega o dia em que a filha se olha no espelho e vê a mãe. Afinal, passou uma boa temporada dentro dela e hoje, pelo coração, segue com ela em sua continuidade.

Só mais um capítulo, e uma história inteira pode ser contada por uma mulher real, pois metade do mundo está no *ser mulher*, a outra metade em *ser* filhos delas.

O lugar de filha se torna saudável para ser uma mulher potente. Em consequência, somente a mulher potente suporta segurar a *decisão* de ser ela mesma.

Mãe, devo minhas flores às nossas raízes

O que eu sinto, as mulheres sentem, e o que as mulheres sentem, eu também sinto. O sentimento de uma mulher não é isolado no coração, mesmo com tantas histórias, fases e futuros diferentes. As mulheres se encontram nas mesmas dores, pois mesmo que não tenham experimentado traumas, sentem a dor da outra por carregarem a memória das mulheres da família que já passaram por eles. As mulheres também se encontram no mesmo amor, pois mesmo que não tenham realizado sonhos, sentem bem-estar por carregarem a memória das mulheres da família que já se realizaram com eles.

Prova disso são os acontecimentos na vida de outras mulheres que mexem demasiadamente com as nossas emoções. Quantas vezes nos alegramos ou nos entristecemos com circunstâncias que nunca experimentamos? Quantas mulheres já sorriram ou já choraram conosco?

Leva tempo, mas nós mulheres aprendemos a florescer umas com as outras. Somos como flores, e a cada estação do ano, nossas sementes são nutridas, crescem e amadurecem juntas. Somente umas com as outras podemos ser únicas para a vida. Se nós soubéssemos somar nossos ganhos e nossas perdas, conheceríamos maior plenitude no compartilhamento das diferenças. A paz que vive em cada uma de nós é sentimento que agradece, que se alegra com essas diferenças e que nos faz bem por sermos mulheres.

Nada obstante, quando nos encontramos nas mesmas dores, nos vemos como iguais e nos unimos ainda mais em busca da cura, pois a dor de uma mulher é a dor de todas as mulheres. Nós nos fortificamos umas com as outras e só assim podemos continuar bem.

Sozinhas somos pétalas; juntas somos flores!

Perguntei ao tempo o que fazer, ele respondeu: deixe-me passar!

Imagine a fabricação de um produto raro, frágil e repleto de detalhes que exige um longo tempo de preparação e espera, diversas renúncias, muitos cuidados, dedicação 24 horas e uma entrega incondicional por parte do fabricante. Considerando que todas as etapas foram respeitadas e o produto foi concluído e entregue de maneira impecável para o cliente, é possível atribuir valor ao fabricante? Com certeza, certo?

Agora traga essa realidade para a concepção humana, o período longo da formação gestacional e o nascimento de uma filha que traduz a "perfeição" da vida. É possível atribuir valor à mãe? Com certeza, certo? Por isso, toda filha é o sucesso da mãe, e toda mãe é o começo do sucesso da filha, pois a partir dela, a vida da filha segue em frente e ela pode progredir por si mesma.

Para ser o sucesso da mãe, basta nascer, mas para continuar sendo o sucesso dela, é preciso se colocar a serviço da vida num crescimento comprometido com o gostar de ser mulher, se alegrar com a realidade e construir a própria felicidade.

É fácil se alegrar com a realidade nas fases boas e sentir o amor-próprio nas vitórias, o desafio é ter postura madura para atravessar as fases desafiadoras. Quanto mais rápido aceitamos a realidade, mais rápido também nos apropriamos da força interna e transformamos o que é possível. Essa aceitação não briga com a vida e não controla nada.

Muitas mulheres caminham por estradas perigosas, mas não sabem o que é preciso fazer para sair delas. Primeiramente, convido você a olhar para o amor-próprio, pois é ele quem mais direciona as rotas seguras e conduz às paisagens bonitas dessa viagem chamada *vida*.

Você pode fazer isso:

- Abrir-se para o futuro, sem questionar tanto o passado, e seguir com a tristeza, o medo, a ansiedade, a culpa, a solidão ou a raiva como bagagens que vão sendo deixadas para trás;
- Aprender a ouvir a voz do coração e saber silenciar quando tudo ainda estiver sem compreensão;
- Acolher as lágrimas e permitir o choro, sem buscar entendê-lo naquele dia mais sensível;
- Saber esperar o momento mais calmo para falar da situação, de preferência, com as pessoas de confiança;
- Reservar-se e ficar mais em casa ou em lugares que a acalmam;
- Cuidar das necessidades básicas, dormir, se alimentar bem, ouvir músicas edificantes, fazer preces que a acalmam, ver filmes que a alegram e fazer boas leituras;
- Abrir-se para novas compreensões numa terapia individual ou de grupo e pedir ajuda numa rede de apoio;
- Agradecer a todos os ensinamentos e se perguntar diariamente: "O que preciso aprender com isso?";
- Confiar na sua história, no tempo e na vida que sempre trabalham para a sua evolução.

Por essa razão, alegrar-se com a realidade significa amar o pai e a mãe em si mesma, ainda que não tenha a melhor história para contar, ou que esteja na melhor fase da vida. Quando fazemos o melhor por nós, naturalmente, honramos os nossos pais.

A mulher que tem dificuldade de amar a si mesma não tem uma boa relação com o passado e ainda espera algo dele. É como o espelho que reflete a imagem do amar o próximo como a si mesmo, num movimento de concordância com a família, com a história e com a realidade. Ninguém escapa dessa concordância se realmente deseja alcançar um sentimento amoroso para si. Assim, quando a filha tem segurança, admiração pela mulher que se tornou e respeito pela própria essência, ela ama a mãe. Em equilíbrio com esse amor, quando a filha se desenvolve para um bom futuro, ela ama o pai.

Deixe-me perguntar uma coisa: *o que é melhor? Conseguir realizar o que você sonha ou descobrir que a sua realidade é o suficiente?*

O que tem que chegar, chega na hora certa, pois somos sempre levadas para o caminho que desejamos percorrer. Por isso, a realidade nos mostra que vivemos o que conseguimos realizar e se sentimos que hoje é o bastante, amanhã estará cheio de oportunidades! Toda verdade dispensa enfeites, toda realidade dispensa fantasias, e todo futuro dispensa o passado. Solte-os!

Que alegria é ser uma mulher que acredita no amor, não só a dois, mas aquele que começa em si mesma e pode se tornar um amor de muitos.

É liberta**dor** poder amar a própria história nos pais, sem segurar tantas cargas para garantir que o amor deles cresça.

É liberta**dor** poder amar a própria individualidade, sem brigar com a atualidade em função dos limites, tempo, lugar e condição de ser a mulher que consegue.

É liberta***dor*** poder abrir o coração para o dia de hoje e dizer: "Eu digo *sim* para a realidade" e seguir bailando com a alma em direção à v***ida***.

Viver é um presente dos nossos pais, mas também de nós, donas da chave da evolução, para o melhor amor que nos faz bem: o amor-próprio.

Eu sou as minhas decisões

Falamos do benefício de ser imperfeita, cada uma com a sua história e no seu lugar, no entanto admitimos pouco ser, de forma real, "imperfeita". Pequenos detalhes nos incomodam, pois não gostamos de errar e de sermos criticadas ou cobradas.

Sabemos que é preciso muito esforço para corresponder diariamente às exigências ideais: ser jovem, espiritualizada, ter o corpo e a mente saudáveis, as emoções equilibradas, ser bem casada, realizada profissional e financeiramente e, ao mesmo tempo, ser uma mãe cuidadosa e uma filha agradecida. Por exemplo, a mãe que é muito exigente com a filha é também muito exigente com ela mesma. Ela não consegue dizer: "filha, você do seu jeito, é suficiente para mim".

A filha que "compra" a cena e aceita ver a imagem perfeita da mãe fica enfeitiçada e não suporta ser diferente dela. Daí começa a dificuldade de ser uma mulher imperfeita. O grande conflito é que mães perfeitas não são reais, assim como mães reais não são perfeitas. A verdade é que "precisamos" de nossas mães mesmo quando já somos mulheres formadas, inteiras, independentes, que gostam de si mesmas e se sentem capazes de se alimentar de bem-estar, amor-próprio e proteção.

Precisamos que a mãe seja o nosso modelo do que a mulher pode ou não ser na vida e que abra caminhos para a nossa plenitude como mulher. Costumo dizer que a vida nunca nos deixa órfãs; o que não chega da mãe para nós é disponibilizado nas relações que temos com outras mulheres, como tias, avós, amigas, vizinhas, madrastas, professoras, terapeutas, rezadeiras, líderes e outras mais ao longo da trajetória.

O desafio é a filha ferida que vive dentro de nós e continua esperando pelo que faltou da mãe. Ela ainda chora para ser o centro do seu amor, pois deseja desfazer na consciência a comprovação de que a mãe foi falha, com limitações, dores, rejeições e de que viveu momentos em que não conseguiu ver o amor ou mesmo a dor da mãe. Por isso, volto a dizer, a filha que não sente a bênção materna tem uma conexão fraca com a mãe *e não se sente segura como mulher.*

Não somos a nossa mãe

A mãe que vive dentro de nós não precisa ser uma parte idêntica da personalidade da nossa mãe. Ela foi construída internamente, junto às outras mulheres que nos serviram desde a infância, e são referências de cuidado, afeto, carinho e amor-próprio.

"Aprendi isso, com minha filha, ao me dar conta de como eram diferentes suas respostas das da criança mal-resolvida dentro de mim. Quando eu era criança, minha mãe esperava que eu aprendesse a fazer as coisas na hora e com perfeição; se eu não 'pegasse' o jeito logo e não fizesse certo já na primeira vez, ela tinha um acesso de fúria e saía de perto. (...) Enquanto minha filha era pequena, eu conseguia não ter o mesmo acesso de fúria de minha mãe quando ela estava aprendendo algo novo, mas não conseguia acompanhá-la até o fim do processo. Sentia-me muito mal com isso porque queria ajudá-la mais, porém não conseguia ficar ali sem ir me tornando horrivelmente impaciente, do mesmo modo que minha mãe. (...) Diferente de mim, minha filha ficava na tarefa até tê-la dominado e, hoje, já adolescente, está me ensinando como tolerar erros ou fazer as coisas mais uma vez. Percebo que ela participa da cura dos efeitos que minha mãe teve sobre mim", relatou a Dra. Kathie Carlson (1993, p. 82).

São muitas as filhas que ainda esperam pela mudança da mãe, mas que só chegarão na cura como mulher quando forem capazes de "mudar" apenas a mãe interna, idealizada e sacrificada por elas mesmas.

Um trecho do livro A *fonte não precisa perguntar pelo caminho*, de Bert Hellinger, diz que a vida é maior do que os pais. Quando as filhas agem como mãe da mãe, logo aparecem dificuldades em seus caminhos. Olho para a gestação e para o nascimento como dois grandes fenômenos das mães, mas concordo com Bert Hellinger que devemos olhar para longe, para lá de onde vem a vida (2019, p.124).

A filha que dá para a mãe o poder da própria vida não consegue se soltar dela. Isso serve tanto para a filha que concorda com a mãe que tem, como para a que não concorda. O movimento de expansão para além da mãe é o de se abrir para aceitar os mistérios da vida, tomando-a em sua totalidade. Esse "tomar" é um ato maior que concluir internamente que a mãe é a certa, visto que exige um sim à vida completo e, tão somente, uma desistência a qualquer censura contra a mãe. Somente na escolha de respeitar os segredos da mãe e de suas ancestrais é que esses atos profundos chegam à solução. E, ao censurar a mãe, a filha trata a vida como se tivesse poder sobre ela.

Por essa razão, o caminho possível para mudar a relação com a mãe é trabalhando, primeiro, a sua própria mudança.

A mulher desperta é capaz de concordar que as suas feridas de filha foram necessárias para o amadurecimento e que aquela mãe da infância, mesmo se quisesse, não pode mais curá-las. É possível encontrar respostas significativas para a história de vida por meio do olhar sistêmico, ao responder às seguintes perguntas:

O que aprendi tendo esta mãe? _____

_____
_____
_____
_____
_____

O que, ou quem, precisei me tornar por causa dessa realidade? _____

_____
_____
_____
_____
_____

Qual foi a minha maior aprendizagem como filha, que poderia não ter acontecido se minha formação fosse diferente? _____

_____
_____
_____
_____
_____

Qual é o preço que pago na vida ao desistir do meu papel de filha? _____
_____
_____
_____
_____

Existe algo que minha mãe possa me dar hoje?_____
_____
_____
_____
_____
_____

Há interesses comuns entre eu e minha mãe como adulta?___
_____
_____
_____

Consigo compreender os limites da minha mãe?_____
_____
_____
_____
_____
_____

Posso abrir mão do valor de que a mãe é a única a cuidar da filha de maneira profunda por ser sua genitora?

_____
_____
_____
_____
_____

São muitas filhas que encontram nessas respostas uma porta aberta para novos caminhos em direção à mãe. Uma lição para todas nós é que, quando a vida diz: "Eu sou maior que você", o sofrimento começa ao dizermos: "Não, eu sou maior!".

Livre é a mulher que sabe se transformar

A escolha de alcançar o significado da vida segue pelos campos do consciente e do inconsciente. A partir das polaridades "vida e morte", "positivo e negativo", "masculino e feminino", "sim e não", "passado e futuro" etc., percebo que a viagem de uma mulher acontece, primeiramente, por dentro, em todos os seus ciclos e, só depois, aparece por fora.

Esse movimento da alma é real para o amadurecimento da mulher e novas informações a respeito da vida vão acontecendo conforme ela dá o próximo passo. Acredito que conhecemos nossa mãe em nós, mas com o passar do tempo, nossas imagens internas vão se modificando e, como consequência, se curando. Externamente, a nova imagem é refletida como um espelho da história. Por isso, acredito na possibilidade de todas essas imagens servirem de cura para os nossos vazios sem causa somente no presente. Então, passado e presente se unem e fluem um no campo do outro para, depois, continuarem em nós.

A filha não vive sem um vínculo significativo com a mãe, pois a vida é uma viagem que começa nela. A meta da viagem é tomar os dons e servir a vida com eles, mas também tomar as feridas e aprender a curá-las. Só assim é possível fazer algo de bom com elas.

Essas sensações são transmissões da mãe, pois a filha é uma mensageira de suas histórias e destinos.

Não é o que a filha vê na mãe, mas como a filha a vê. Não é o que a filha ouve da mãe, mas como a filha a ouve. Não é o que a filha sente sobre a mãe, mas como a filha a sente. A mãe existe como a filha a internaliza.

A filha não imagina o que a mãe precisou passar para deixá-la nascer, em função das suas dificuldades pessoais e familiares. Quanto maior foi a renúncia da mãe para a vida da filha, maior, também, foi a sua doação e, mesmo que as duas não tenham seguido juntas de maneira favorável, mais tarde, após uma sincera compreensão, a filha se torna capaz de reconhecer os motivos que levaram a mãe a agir com tantas limitações.

Em forma de homenagem, essa filha faz diferente da mãe e garante uma vida melhor, não pelo fato de sentir que foi vítima dela, mas por sentir que foi o seu melhor resultado. Com o coração agradecido, admite: "Mãe, ninguém fez mais por mim do que você!", e segue cheia de força para o futuro.

Acesse a versão gravada da música *Uma nova mulher* apontando a câmera do seu celular para o QR Code ao lado.

É no coração da mãe que a cura da filha começa, pois toda mãe atravessa os próprios limites pela maternidade.

Carta às minhas filhas

Minhas filhas Lis e Clarice,

Não é porque vocês não nasceram na Terra, que não estão vivas para mim. No tempo em que estivemos juntas, ainda em meu ventre, vocês me ensinaram a amar e a cuidar de mim como nunca fiz antes.

Nunca imaginei que duas gestações curtas me levariam a tantas mudanças longas, o que ainda não me dá resposta fácil e nem rápida do que vocês representam de melhor em mim.

O que sei é que sem vocês eu não seria a mulher em que me transformei, pois, desde os primeiros exames, conheci o amor com ternura e uma "ferocidade" sem fim.

Hoje me sinto a mulher mais forte e capaz do mundo, pois ter atravessado o meu maior sentimento de incapacidade como mãe quando as "perdi" para o meu próprio destino, trouxe-me humanidade para servir à vida com esse amor.

Hoje eu amo vocês em minhas potencialidades e no prazer enorme que eu tenho de estar *viva*!

Viva para honrar o amor que recebi de vocês, pois quem olha para mim hoje também as vê no meu coração.

A nossa história é uma porta aberta que me empurra para frente e não poder caminhar pelo mundo de mãos dadas com vocês me impulsiona a fazer dele um lugar melhor para todos.

Minhas filhas, tomem o amor que lhes dei e o levem para a eternidade. Agora é a vez de vocês de criar a vida.

De sua mãe, Larisse.

Referências bibliográficas

BASSOFF, Evelyn Silten. *Mães e filhas: a arte de crescer e aprender a ser mulher*. Tradução de João Alves dos Santos. São Paulo: Saraiva, 1990. 279p.

BASSOFF, Evelyn Silten. *Mãe e filha: o eterno reencontro*. Tradução de Maria Silva Mourão Neto. São Paulo: Saraiva, 1994. 230p.

CARLSON, Kathie. *À sua origem*. Tradução de Maria Silva Mourão Neto. São Paulo: Saraiva, 1993. 200p.

ESTÉS, Clarissa Pinkola. *A ciranda das mulheres sábias: ser jovem enquanto velha, velha enquanto jovem*. Tradução de Waldéa Barcellos. Rio de Janeiro: Rocco, 2007.

GARRIGA, Joan. *Onde estão as moedas: a chave do vínculo entre pais e filhos*. Tradução de Adriana Campidelli e Lorice A. Ferreira. Campinas, SP: Saberes Editora, 2011.

GARRIGA, Joan. *O amor que nos faz bem: quando um e um somam mais que dois*. Tradução de Sandra M. Dolinsky. São Paulo: Planeta, 2014. 175p.

GARRIGA, Joan. *Dizer sim à vida: ganhar força e abandonar o sofrimento*. Tradução de Chrystal Caratta. Valinhos, SP: Sim à Vida Editora, 2021. 184p.

HELLINGER, Bert. *Pensamentos a caminho*. Patos de Minas: Atman, 2005. 208p.

HELLINGER, Bert. *Ordens do amor: um guia para o trabalho com constelações familiares*. Tradução de Newton de Araújo Queiroz; revisão técnica Heloisa Giancoli Tironi, Tsuyuko Jinno-Spelter. São Paulo: Cultrix, 2007. 424 p.

HELLINGER, Bert. *Amor à segunda vista: soluções para casais.* Tradução de Lorena Kim Richter. Goiânia: Ed. Atman, 2011. 240 p.

HELLINGER, Bert; HÖVEL, Gabriele. *Um lugar para os excluídos: conversas sobre os caminhos de uma vida.* Tradução de Newton A. Queiroz. Belo Horizonte: Atman, 2014. 152 p.

HELLINGER, Bert. *O amor do espírito na Hellinger sciencia®.* Tradução de Tsuyuko Jinno-Spelter, Lorena Richter, Filipa Richter. Belo Horizonte: Atman, 2015. 224 p.

HELLINGER, Bert. *A fonte não precisa perguntar pelo caminho.* Tradução de Heloisa Giancoli Tironi e Tsuyuko Jinno-Spelter. Belo Horizonte: Atman, 2019. 312 p.

HELLINGER, Bert. *Meditações.* Tradução de Maria Elizabeth Cruz Lima (Sarvam), Fernando Martínez de Aguirre, Ivan Doehler, 2012. 102p.

HELLINGER, Sophie. *A própria felicidade: fundamentos para a constelação familiar.* Tradução de Beatriz Rose. v. 1. Brasília: Trampolim, 2019. 182 p.

MIGLIARI, Daniela. *Abraço à sombra: encontros que acolhem e iluminam a infância espiritual.* Brasília, DF: Trampolim, 2018. 270p.

SCHUBERT, R. Posicionar-se frente ao inconcebível: reflexões sobre a postura terapêutica (in) *Visão Sistêmica e a Ética.* Carla Soares e Colaboradores. Centro Universitário de Brasília –UNICEUB, Brasília, 2023.

ZOBARZO, Nina. *O caos e a estrela: a travessia pela noite escura da alma.* Americana: SDMarini, 2020. 196p.

Anotações

Livro composto nas tipologias
Quicksand Light e Spectral Regular, impresso em 2023.